DIE KAKOMONADE

EIN NACHLAß VOM DOKTOR PANGLOS, ALS EIN SUPPLEMENT DES KANDIDE

SIMON NICOLAS HENRI LINGUET

Die Kakomonade.

Schreiben an Fräulein Therese Julie Klementine Paquette.

Sie zwingen mich also, Fräulein, und ich soll Sie durchaus verunsterblichen? Sie wollen, meine Erkenntlichkeit soll Ihren Namen auf die Nachwelt übertragen? In einem dicken philosophischen Buche, gedruckt in unsern Tagen, haben Sie gelesen, daß die Phrynen, und die Aspasien ganz leicht die Sokraten, und Platone aufwogen; und mit Rechte hat Ihnen dieser artige Ausspruch Muth eingeflößt.

Wahrscheinlich war Aspasia nicht so schön, als Sie, und Phryne hatte nicht die Geschicklichkeit, die Grazie. Sie kehren die Köpfe zu Paris, wie jene zu Athen oder Theben, um; und also haben Sie Recht, sich für eine Erbinn dieser berühmten Schönen zu halten. Und sie verlangen den Besitz ihres Ruhmes, wie ihrer Talente; ihres Rufes, wie ihrer glücklichen Unternehmung für sich.

Die Eine derselben gab, wie man weis, den Philosophen ihres Zeitalters Unterricht in der Beredtsamkeit. Sie lehrte sie die Kunst, mit Sanftheit den Geist der Menschen zu regieren. Der berühmte Lehrmeister des Alcibiades studirte unter ihr, und er schämte sich nicht zu gestehn, wie viel Dank er ihr wisse. Sie wars, von welcher Sokrates die erhabenen Lehren empfieng, die er in der Folge mit so vieler Sorgfalt seinem jungen Schüler einprägte.

Die Andere verlangte von ihren Liebhabern, daß sie, wenn sie zu ihr kämen, ihr einen harten Stein behändigten. Der war das Zeichen, auf welches ihre Thüre sich öffnete. Auch verwahrte sie, sagt man, sehr sorgfältig die Modelle davon. Aus dieser wunderbaren Sammlung ließ sie, zum Zeitvertreibe in ihrem Alter, eine sehr hohe Pyramide bauen, und die Reisenden haben dieses Denkmaal mit Rechte unter die sieben Weltwunder gezählet.

Sie, mein Fräulein, Sie gebrauchen sich keiner Worte, um die Kunst zu lehren, die Herzen zu besiegen. Wenn Sie diesen großen Unterricht ertheilen, so ertheilen Sie ihn Ihren Gespielinnen, so ertheilen Sie ihn durch Ihr Beispiel. Sie fordern von denen, die es nach Ihrer Huld verlangt, eben keinen Stein ab; nicht als ob Sie vielleicht weniger, als eine andere, auf Pyramiden achteten, oder als ob Sie weniger Geschick besässen, eine zu errichten; nein, sondern das Klima in Frankreich ist von jenem in Griechenland verschieden.

Attika, und Beotien waren dürre und unfruchtbare Länder, die Steine wuchsen da im Uiberflusse. Ein artig Frauenzimmer durfte nur die Hand ausstrecken, um welche zu finden. Der Marmor dehnte sich, um so zu sagen, demselben von selbst entgegen.

Sie leben in einem glücklicheren Erdstriche, und dennoch haben Sie eben diese Vortheile nicht. In Paris, und in dessen Umkreise nehmen die Steine mit jedem Tageab. Die Menge, welche man in den Palästen dieser Hauptstadt täglich verbraucht, macht die ganze Art dieser Naturprodukte zu nichte. Brächte man ihrer nicht von Zeit zu Zeit aus dem Schatze der Provinzen einige dahin, so ist zu vermuthen, daß sich diese Stadt derselben bald ganz beraubt sehen würde.

Sie, mein Fräulein, halten sich weislich an die allgemeinen, und unausweichlichen Gesetze der Natur. Wie viele Andre sind eigensinnig genug, hartnäckig gegen ihre Schwäche zu kämpfen! Sie haben keine andere Sorge, als wie Sie sich für dieselbe entschädigen können. Gerne lassen Sie den Männern den Stein nach, wenn Sie Ihnen diesen nur mit recht viel Gold ersetzen.

Auch wissen Sie sich hierbey so zu nehmen, daß Sie nie was verlieren. Man weis, welche Kunst Sie gebrauchen, die Opfer, die man Ihnen macht, miteinander zu vereinbaren. Niemanden ists unbekannt, mit welcher Einsicht Sie die verschiedenen Gattungen derselben zusammen auswählen. Sie ahmen jenen geschickten Wirthen nach, die aus mehrern mittelmäßigen Weinen ein vortrefliches Getränke bereiten.

Sie mäßigen die Schwachheit eines Parisers durch den Trotz eines Provenzalen, und die Schaalheit eines Einwohners von Marais durch den Saft eines Burgunders. Sie verbinden den brausenden Schaum des Champagners mit Amerika's Wärme, und die Dumpfheit des Deutschen mit der Feinheit des Italiäners. Da Sie so die Fehler jeder Nazion durch die Zumischung der entgegengesetzten Tugenden verbessern, da Sie die Ungeschmacktheit der Einen durch das Beißende der Andern lindern, so sind Sie so glücklich, sich eine Reihe höchst angenehmer Lebenstage, und eine ununterbrochene Fortdauer von Vergnügungen zu verschaffen.

Ihre Bescheidenheit will der Nachwelt die Denkmaale Ihrer Triumphe gerne schenken; jedoch, müßte man die Anzahl all derer, die Sie ihr noch hätten hinterlassen können in die Rechnung bringen; so glaube ich, alle Phrynen des Alterthtums würden sich nicht beygehen lassen, Ihnen das Geringste streitig zu machen; so viele Gründe also berechtigen Sie, sich über die alten und neuen Sokraten erhaben zu glauben!

Indessen muß man gestehen, dieser so große Ruhm wird von einigen Ungemachen etwas aufgewogen, und verliert von seinem Glanze. Mit Vergnügen sehen Sie die Ankunft der Schätze, die der Geiz den Bergen der neuen Welt entwühlt, und welche die Thorheit auf den Sopha's von Europa zerstreuet, bey sich. Eine Danae, öffnen Sie den Schooß diesem kostbaren Regen, dessen Werth und Nutzen Ihnen so wohlbekannt ist.

Unglücklicherweise macht er öfters in der alten Welt gewisse Vollkommenheiten aufzusprossen, welche die Natur bloß für die neue bestimmet hatte. Die kostbare Pflanze derselben brachte uns 1493. der Genueser Christoph Kolombo mit dem Gold aus San Domingo, und, wie wir wohl wissen, seit dieser Zeit haben sie sich mit einer verwundernswürdigen Fruchtbarkeit ausgebreitet.

Die jüngere von zwoen Schwestern, die beynahe einerley Namen führen, scheint es am weitesten gebracht zu haben. Seit fast zweyhundert Jahren arbeitet sie ohne Unterlaß an der Ausbreitung ihres Reiches; und daß ihr alle Unternehmungen glückten, hat sie vorzüglich ihrer verschwenderischen Freygebigkeit zu danken. Gleich den staatsklugen Eroberern gewann sie eine Menge Landes, weil sie mit ihren Geschenken nicht haushälterisch war.

Nicht, als ob man im Grunde so erpicht darauf wäre. Wenige Personen sind aufgelegt, sie freywillig sich zu wünschen; allein sie verbindet, wenn sie sie anbeut, damit einen so verführerischen Reiz, daß die mißtrauischsten Herzen manchmal genug zu thun haben, sich dagegen zu verwahren. Man empfängt sie, ohne es fast nur gewahr zu werden; und was dabei das verdrießlichste ist, wenn man sich damit beschwert fühlt, so ist man nicht immer im Stande, sie sich vom Halse zu schaffen.

Man bringt sie nicht einmal los, wenn man ihren Kreislauf befördert. Sie haben die Eigenschaft, sich zu vervielfältigen, ohne die Quelle, aus der sie entsprungen sind, zu schwächen; gerade, wie eine brennende Wachsterze tausend andere anzuzünden dienen kann, ohne im mindesten von ihrem Licht, und dem Feuer, das sie verzehrt, zu verlieren.

Gewiß, mein Fräulein, ein schreckliches Mißgeschick! Sie wünschten wohl, man möchte ihm abhelfen können. Auch ich wünsch es von ganzem Herzen. Suchen wir miteinander die Mittel auf. Die Ehre davon will ich Ihnen gerne lassen.

Die griechischen Lustmädchen zeichneten sich, die Eine durch den Zauber ihres Verstandes, die andre durch die Anmuth ihres Tanzes, und diese durch ihre Schönheit aus. Was Sie betrift, so wünsche ich, daß Sie Ihren Namen durch der Menschheit geleistete Dienste verewigen. Ihre Gefälligkeit gegen sie, kennt man bereits zur Gnüge. Man wird sich nicht befremden, daß Sie, zum Tempel des Ruhmes zu kommen, diesen Weg gewählet haben.

Wie viel man nicht von dieser Menschheit redet! Unsre philosophischen Tage geben ihr ein so herrliches Licht! Sie sehen sie von Stockholm bis Lissabon, von den Gränzen des Mogol bis London sich mit so großem Glanz entwickeln. Es sind nur eben sieben volle Jahre, während deren wir uns mit aller nur möglichen Artigkeit, und Leutseligleit herumgeschlagen haben; und alle Menschen, welche diese ganze Zeit hindurch in den Land- und Seegefechten verstümmelt, erschossen, gebraten, oder zermalmet worden, beliefen sich doch nicht höher, als auf eine Million.

Die Krankheiten, Mühseligheiten, und Siechenhäuser nahmen ihrer nicht mehr, als zwo Millionen weg. Von Berlin an der Spree bis Villa-Veilha, an den Gestaden des Tagus, rechnet man nicht ganz zwanzig tausend Quadratmeilen, die in jedem Betrachte mit fünfzehn oder zwanzig

Millionen zweifüssiger federloser Geschöpfe verwüstet, und von Helden in Jammer oder Verzweiflung gebracht worden sind.

Unsre Untersuchungen hätten in keiner Zeit erscheinen können, wo die Menschheit größere Fortschritte gemacht hätte. Unmöglich hätte man dazu günstigere Umstände wählen können. Eilen wir also, sie ans Tageslicht zu bringen; warten wir nicht, bis wieder die Barbarei zurückkehrt. Wollen wir von ihren Rasereien gegen das Menschengeschlecht aus dem Zustande urtheilen, in dem es sich in einem erleuchteten, und philosophischen Jahrhunderte befindet, so würden wir Gefahr laufen, auf der Erde keine Menschen mehr zu finden, die uns anhören könnten.

Vergeben Sie mir, Fräulein, wenn ich in der Folge dieses Werkes mich nicht mehr an Sie verwende. Sie sind es, denen ich es zueigne; aber die Menschheit ists, der sich es heilige. Ich hab es mit dem Unterrichte der Völker, mit der Heilung der Menschen von ihren Irrthümern zu thun. Es kömmt darauf an, den Dienst der Venus zu reinigen, die gefährliche Luft, die ihre Tempel erfüllt, zu zerstreuen, und sogar ihre Altäre zu säubern.

In der Behandlung der zur Erreichung dieses Zweckes nöthigen Sühnopfer, werde ich nicht mehr von Ihnen reden; aber denken an Sie werd' ich unaufhörlich. Ich werde dem Anscheine nach Ihre Reize aus dem Gesichte verlieren; aber mein Gegenstand wird mich immer zur Gnüge auf dieselben zurückführen.

Ich will mit aller Bedachtsamkeit untersuchen, welche Mittel uns zum Ziele führen könnten, die Macht des Feindes, über den wir uns beklagen, zu stürzen. Es wird nicht übel gethan seyn, zuvor ein paar Worte von seiner Natur und Geburt zu sagen. Ich werde bis auf seinen Ursprung zurückgehn, und einen Auszug seiner Geschichte geben müssen. Die Medaillen dieser Begebenheit bestehen noch; aber die Epoche derselben scheint in Dunkel gehüllt. Es wäre sehr nützlich, sehr rühmlich, wenn es uns, sie festzusetzen, gelänge.

Uibrigens wird sie weder Befremden, noch Furcht befallen bei dem Namen Kakomonade, dessen ich mich bedient habe, um diese grausame Feindinn umzukleiden, sie, die ich mich nicht getrauet hätte, anders zu nennen. Wahr ist es, dieses Wort ist ganz griechisch; allein die Sache, die es bezeichnet, ist ganz französisch, und also unseren Damen so wenig unverständlich, daß sie viel mehr ein wichtiges Ingredienz guter Gesellschaften ist. Uiber dieß sind Sie auch mit Leibnitzens Sprache bekannt. Ich habe Sie gelehrt, was in dem Verstande dieses unvergleichlichen Mannes eine Monade sey. Von Ihnen Ihrerseits habe ich gelernt, diesen Namen durch das Beiwort Kako zu verlängern, das ich ohne Sie nie erfunden hätte. Sie werden mich also ohne Schwierigkeit verstehn, und ich gehe ohne Besorgniß zur Sache.

Erstes Kapitel.

Von der Natur der Kakomonade.

Was ist die Kakomonade? Wo kömmt die Kakomonade her? Zwo große, und erhabene Fragen! Lange schon haben trefliche Gelehrte die Tiefsinnigkeit, und den Nutzen derselben gefühlet. Sie haben sich bestrebet, sie aufzulösen. Vielleicht krönte ihre Bemühungen noch kein sehr glänzender Erfolg; allein wenigstens führten sie doch uns auf diese Strasse. Nur an uns liegt es nun, auf ihren Pfaden in dem Lande, das sie durchliefen, fortzuwandeln, und, wenn wir können, darinnen weiter zu gehen, als sie.

Erste Beobachtungen haben sie gelehrt, daß die Kakomonade ein Gift sey. Uiber den Sinn dieses Wortes in dieser Anwendung ist man nicht ganz einig. Allein, wo man keine deutlichen Begriffe haben kann, da ists bei allen Arten Wissenschaften viel, daß man sich einen Ausdruck auffinde, der nichts sagt. Man hat weit weniger Mühe, ihn auf alle möglichen Sisteme passend zu machen, und daher ist die Kakomonade ein Gift.

Noch mehr: dieses Gift ist phlogistisch, korrosiv, gerinnend, und fix. Phlogistisch, denn es verursacht Entzündungen. Als korrosiv greift es die Haut an, frißt sie auf, und trennt ihren Zusammenhang. Als gerinnend, stillt es den Lauf der Feuchtigkeiten, welche die Natur zu freiem Umlaufe bestimmet hatte. Endlich, weil es fix ist, läßt, es sich so schwer vertreiben. Und dieß ist die ganze Theorie von der Kakomonade, von einem ihrer besten Historiker entwickelt. Sie ist, wie man sieht, deutlich, bündig, und faßlich.

Die Quacksalber mischten sich manche mal ins Spiel, und gaben eine andre an. So erschien Anno 1727 ein sehr berühmter zu Paris. Dieser behauptete, alle menschlichen Schwachheiten, und die, mit denen wirs zu thun haben, wie alle andere, würden durch kleine Thierchen erzeugt, die sich ins Blut eindrängen. Seinem Sisteme zufolge war das, was wir Arzneimittel nennen, ein Kompositum von andern kleinen Thierchen, als unversöhnlichen Feinden der ersten. Diese jagten ihre Gegner tapfer fort.

So war der Körper eines Kranken ein Schlachtfeld, wo Wunder der Tapferkeit geschahen. Das Fieber führte darauf seine leichten Geschwader an; die Kakomonade ihre gerinnende Infanterie. Bald sah man die Fakultät heranrücken in schwerer Rüstung, mit Bataillonen von Quecksilber, und Chinarinde. Sie ließ die verschiedenen Korps dieser fürchterlichen Miliz allmälig aufmarschiren. Man schlug sich lange mit Lebhaftigkeit herum, bis die Thierchen der Chinarinde über die des Fiebers die Oberhand erhielten, oder bis die korrosiven Würmchen durch die metallischen Insekten vertrieben wurden, wenn anders nicht, welches zum öftersten geschah, sich das Schlachtfeld selbst, unter dem Drucke von so heftigen Gewaltthätigkeiten erliegend, in die Erde versenkte, welche Uiberwinder und Uiberwundene sammt ihnen verschlang.

Hatte diese Idee keine Wahrheit zum Grunde, so war sie wenigstens unterhaltlich. Aber die Steifheit der regierenden Doktoren hat sie verbannt. Entrüstet, daß sie sich durch sie dahin gebracht sahen, nichts weiter, als die Obersten über ein Regiment Sensblätter und Rhabarbar zu sein, machten sie allen diesen kleinen Armeen, die man ihnen anzuführen gab, den Garaus. Sie wollten lieber die Oberhäupter einiger blinden Körperchen bleiben, als zahlreiche und beseelte Legionen kommandiren. Sie wollten die Harmonie in den Feuchtigkeiten dem Zufalle lieber mit ganz materiellen Werkzeugen, als nach einer guten Ordnung, unter einer Bedeckung von thätigen, wohldisziplinirten Truppen einräumen. Heißt das nicht, wie man ihnen vorwirft, die Unthätigkeit der Bewegung, den Tod dem Leben vorziehen?

Man kann dieses System nicht genug bedauern: es hätte Gelegenheit zu den unterhaltendsten Hypothesen gegeben. Die Metaphysik, die Physik, die Philosophie und Arzneykunde haben ungereimtere, aber keine angenehmere aufzuweisen. Indessen muß man sich über dessen Verlust eben wohl trösten, und sich mit einer Menge grosser Männer daran halten, nämlich, daß die Kakomonade ein korrosives, gerinnendes, phlogistisches, und fixes Gift sey.

Zweites Kapitel.

Vom Ursprunge der Kakomonade.

Vom Ursprunge der Kakomonade sind wir nicht sowohl unterrichtet, wie von ihrer Natur: die Wirkung kennen wir besser, als die Ursache. So viel ist gewiß, daß jene heut zu Tage nur das Resultat der Vergemeinschaftung mit einer unbehutsamen, oder unglücklichen Person ist. Den Keim davon bringen wir nicht schon bey unserer Geburt mit. Die Natur gab uns nur bloß das Vermögen, ihn anzunehmen.

Dennoch muß sie sich einstens in dem ersten Menschen, der sich davon ergriffen fühlte, von selbst hervorgebracht haben. Daß Gott, da er den Adam schuf, ihn nicht aus seiner Hand damit ausstattete, ist wohl außer Zweifel. Das höchste Wesen bildete ihn zur Zeugung, und gab ihm somit so gesunde, so vollkommene Organe, als es seine Bettgenoßinn nur wünschen konnte.

Trug sich dießfalls hierinn eine Veränderung zu, so ists wahrscheinlich ein unglückliches Individuum von seiner Nachkommenschaft, das die Erstlinge derselben bekommen haben wird. Aber was kann von dieser sonderbaren Entwicklung die Ursache gewesen seyn? Die Luft? die Nahrungsmittel? oder der Mißbrauch des Vergnügens?

Das Klima derjenigen Länder, die man für das Vaterland der Kakomonade ansieht, ist nicht ungesünder, als das in den Gegenden, wo sie sich nur durch den Vorschub der Menschen eingeschlichen hat. Ihre Produkte, weit gefehlt, daß sie gefährlich wären, so sind sie für uns vielmehr sichere Hilfsmittel gegen manche Krankheit; und die Ausgelassenheit ist nur eine Tochter der Prasserei und des Reichthums. Nun wußte man von diesen beiden Geißeln unseres Geschlechtes gewiß nichts in jenem Lande, wo wir unsere Geißel holten, welche in dem unsrigen oft auf sie folgt, und sie bestrafet.

Dennoch sind diese drei Ursachen, die einzigen, welche auf ihre Entstehung Einfluß gehabt haben können. Jede derselben fand warme Vertheidiger. Einige sagten, die Luft allein sei genug gewesen, in der Insel Hispaniola das Gift hervorzubringen, das heut zu Tage in allen andern Ländern die Zeugungen angreift; allein es ist einleuchtend, daß sie sich geirret haben.

Seit zweyhundert Jahren, und darüber, giebt die Erfahrung den Beweis, daß man zu San Domingo diese Frucht nicht anders ärnte, und säe, als wie in Frankreich. Sie wächst dort, wie hier, im Schooße des Vergnügens. Man behält da ein freyes, reines Blut, so lange man sich begnügt, frische Luft zu schöpfen. Hätte diese ja was Pestisches an sich, so würde sie es seit der Eroberung den Europäern eben sowohl, als den Eingebohrnen des Landes haben zu fühlen gegeben. Dieß findet sich nicht, und also ist dieses Sistem nicht anzunehmen.

Andere behaupteten, diese Eigenschaft wäre ausschließlich den Menschenfressern vermöge ihrer Nahrungsmittel gegeben, gleich als ob das menschliche Fleisch schon von selbst ein Gift wäre. Die Völker, welch dergleichen minder höfliche Feyerlichkeiten halten, sind viel seltener, als man sichs einbildet. Uiberdies muß ihnen ihre Lebensart viele Stärke, und hiemit Gesundheit geben. Daher es denn sehr ungereimt ist, zu denken, daß ihr Fleisch, wenn es durch den Magen ihrer Feinde wandert, da die Kraft, sie zu vergiften, annehmen könne.

Zwar wäre dieses eine ziemlich erlaubte Rache; allein, wenn man am Bratspieße steckt, pflegt man sich nicht mehr zu rächen. Sollte der Hinterschlägel eines Karaiben den ehrlichen Leuten, die sich einander damit beschenkten, Nachwehen haben erregen können, so müßten nur die ihm benachbarten Theile sich nicht in gutem Stand befunden haben; ein Umstand, der, wie man sieht, die Schwierigkeit nicht aufhebt.

Ein geschickter Arzt hat in einem dicken Buche über diesen Gegenstand das dritte Sistem ergriffen. Seiner Meinung nach ist es das Uebermaß der Vergnügungen in warmen Ländern, und die wenige Wahl in den zu derer Genuße geeigneten Augenblicken, welche die Kakomonade auf der Welt eingeführet haben. Er erzählt über diese Materie sehr sonderbare Geschichten.

„Die Weibsleute im Königreiche Melinda," sagt er nach Tavernier, „sind einmal im Monate so gefährlich, daß, wenn ein Europäer das Unglück hat, sich an einem Platze aufzuhalten, wo eines derselben in dieser fatalen Zeit gepisset hat, er davon das Fieber, Kopfschmerzen, und manchmal die Pest bekommt." Ich gestehe, da ich die Stelle las, wünschte ich von Herzensgrunde, es möchte sich nie ein melindisches Frauengimmer beigehen lassen, sich unter meinem Fenster aufzuhalten.

Zum Glücke gesteht H. A., da er diesen Zug anführt, selbst ein, daß er auf unsre Klima nicht passet; dennoch beharret er nichts destoweniger auf der Meinung, daß zwischen dem Ursprunge der Kakomonade, und zwischen dem pestischen Einflusse dieser gebräunten zanguebarischen Schönheiten ein sehr genaues Verhältniß Statt haben müße. Er besteht hartnäckig auf der Behauptung, daß dieser der zureichende Grund des andern war. Man kann auch in seinem Werke selbst sehen, mit welcher Stärke und Bündigkeit er darüber räsonnirt.

Nur ist es wunderbar, daß man durch das Gebäude ähnlicher Sisteme dahin kommt, die Kakomonade zu verbannen; wie wenn die barbarischen Worte, mit denen man sie erklärt, helle, und unbestreitbare Wahrheiten bedeuteten.

Just so berechnet man die Finsternißen, indem man die Planeten als kleine Theilchen betrachtet, welche die Sonne ausschneuzte, da zur Zeit der Schöpfung ein grosser Komet an derselben sich rieb. So benützt man den Kompaß durch die Erklärung der Abweichungen seiner Nadel, die an einem Ende mit dem Magnete bestrichen ist. So ermüdet man nicht, in dem Magen einen guten Saft hervor zu bringen, unter beständigem Streite, ob er durch Auflösung, oder Gährung, oder Vertreibung entstehe.

Man muß es gestehen, wir haben leicht machen. Die Fortschritte des menschlichen Geistes in jeder Art stecken sich selber ihre Gränzen aus: eine Wahrheit, über die sich nicht streiten läßt. Allein so einleuchtend sie ist, so muß mans nicht bey ihrer Erwägung bewenden lassen; man muß nicht unterlassen, in den Kalender zu sehn, wenn man den Sonnenstand wissen will, und auf den Kompaß, wenn man die Küsten aus dem Gesichte verlohren hat. Man muß nicht anstehn, seinen Magen zu füllen, wenn man hungerig ist, und sich an die Zubereitung des Quecksilbers zu wenden, wenn man einer Aehnlichkeit zwischen unserm Klima, und jenem von Amerika gewahr wird.

Drittes Kapitel.

Ob wir das Recht haben, bei der Betrachtung der Uebel, die uns die Kakomonade verursacht, uns über die Natur zu beklagen.

Wenn ja irgend etwas dem Anscheine nach den Menschen das Recht geben kann, über die Natur zu murren, so ist es gewiß diese Geißel, mit welcher sie sie schlägt. Sie hat sie mit Vergnügungen vereinbart, von denen sie die Fortdauer ihres Geschlechtes abhängen läßt. An die Seite der größten aller Reizungen hat sie die größte aller Gefahren gestellet. So setzte sie uns auf den Zweiweg, entweder ihre Absichten nicht zu erfüllen, oder dafür, daß wir sie erfüllten, immer in der Furcht zu sein, bestrafet zu werden.

Bei den andern Empfindnissen hat sie die Strafe wenigstens nur mit dem Uibermaaße verbunden. Der Wein macht kein Kopfweh, außer man trinket zuviel. Der Magen leidet nicht, so lange man mäßig ißt. Das Auge wird nicht verwundet, außer es heftet den Blick an zu schimmernde Gegenstände.

Aber das nothwendigste, das schätzbarste Sinnglied, das Sinnglied, welches dem Menschen eines der Gerechtsame der Gottheit mittheilt, dieß ist eben dasjenige, dessen auch mäßiger Gebrauch die größte Reue, und das empfindlichste Nachweh, verursachen kann. Nur einen Augenblick braucht es, um das ordentlichste Leben zu vergiften.

Das höchste Wesen, sagen die Dichter, hat das Gute und Böse in zwoen Tonnen bei sich. Aus diesen schöpft es mit vollen Händen, so wie ihm die Laune kömmt, die Geschenke, die es unter unser kleines Ameisenhäufchen austheilt. Die Kakomonade war unstreitig mit von den Hefen in der Tonne des Bösen; und an dem Tage, wo wir sie erhielten, leerte Jupiter das eine seiner Fässer aus.

Dennoch müssen wir, bevor wir gegen die Natur Klage stellen, und sie ungerecht nennen, einen Blick auf die Geschichte werfen. Hätte diese zärtliche Mutter die Absicht gehabt, uns die Geißel, über die wir seufzen, zu ersparen; hätte sie sich bestrebt, sie in einem kleinen Winkel eines unbekannten Landes zu verbergen; hätte sie zwischen uns, und dieses traurige Land fünfzehnhundert Meilen stürmische Meere geworfen; hätte sie sich Mühe gegeben, uns alle erdenklichen Mittel, dahin zu kommen, zu entziehn; so wären wir ihr für so weise, so liebvolle Vorsichten unsre Dankbarkeit schuldig.

Hätte in der Folge bloß unser unruhiger Geist diese Vorsichten vereitelt; wären wir mitten durch fast unüberwindliche Hindernisse zu dem bittern Becher, der das Gift, wovon sie uns abhielt, in sich schloß, eingedrungen; wäre es wahr, daß, wir geeilet hätten, darinnen unsere Lippen zu netzen, ungeachtet aller der schrecklichen Gegenstände, die uns davon hätten entfernen sollen; so würde ganz gewiß von unserer Seite die Natur keinen Vorwurf verdienen.

Wir allein würden strafbar seyn, daß wir ihre Verordnungen verletzt hätten. Wir würden billig gestrafet werden, daß wir ein Geheimniß entdecket hätten, welches ihre Nachsicht uns verbergen wollte. Dieß nun wird uns die Geschichte lehren. Da werden wir vielleicht die Rechtfertigung der Vorsehung erblicken.

Die Erzählung der Begebenheiten der Vorzeit wird uns zeigen, wie sehr sie für uns ob der Unglücksfälle besorgt war, die uns nun drücken. Wir werden gezwungen seyn, einzugestehn, daß, um uns so unglücklich zu machen, als wir es sind, wir sie in ihrem letzten Wehrplatze dazu nöthigen mußten. Wir werden bekennen, daß ihre Sorgfalt hinlänglich gewesen wäre, um unsere Ruhe zu gründen, wenn nicht unsere Vermessenheit in jeder Art weiter gienge, als ihre Güte.

Viertes Kapitel.

Ob die Alten die Kakomonade kannten?

Man hat sich gewaltig ermüdet, die eigentliche Epoche dieser Begebenheit aufzufinden. Die Kakomonade hat in mehr als einem Verstande die Geduld, und den Scharfsinn der Kommentatoren auf die Probe gesetzt. Einige davon eignen die Ehre, sie auf uns gebracht zu haben, den Griechen und Römern zu. Sie sehen sie in geraden Linien aus Asien in Europa, von Athen nach Rom, aus Wälschland in Frankreich übergehn.

Sie legen ihr verschiedene Masken bei, derer sie sich nach und nach bedient habe, bis sie auf diejenige kam, in der sie bei unsern Tagen erscheint. Ihrem Sisteme zufolge mußte sie sich bei dieser wohl befunden haben; denn sie trägt sie schon in die dreihundert Jahre, ohne daß sie zu abgenützt schiene. Doch, man muß gestehn, daß diese Meinung nicht zuzugeben sey. Man sieht offenbar, daß die Alten, glücklicher und weiser, als wir, oder wenigstens den Absichten der Natur getreuer, nie die Strafe empfanden, die wir erdulden.

Homer ist genau, sogar bis zu Kleinigkeiten. Er brachte in sein Gedicht alles, was er von der Medizin, Anatomie, Geographie, und Physik wußte. Er berichtet uns, daß man zu seiner Zeit ein Leckergetränk aus in Wein geriebenem Käse machte. Er spricht oft von der Venus. Er erzählt, wie sie Diomedes mit einer Lanze tief verwundete. Hätte er an dieser Göttinn das Geheimniß gekannt, das sie seit dem in Amerika besaß; ohne Zweifel hätte er sie davon Gebrauch machen lassen, um sich an dem Helden zu rächen. Er hätte den Gott Merkur mit seinen goldgeflügelten Füssen aufgeführt, wie er sie mit der Heilung beschäftigte.

Diese Allegorie würde nicht die unsinnreicheste seines Gedichtes gewesen seyn. Sie wäre uns soviel richtiger gewesen, da Merkur wirklich von der Gegenpartei der Venus war. Kann man wohl glauben, daß dieser göttliche Dichter die Gelegenheit versäumet hätte, sie an den Ufern des Simois Angesichte der Griechen und Trojaner sich schlagen zu lassen? Wäre das nicht eben der Fall gewesen, wo er hätte vorstellen können, wie die Erde und das Meer in der Erwartung des Erfolges erschüttert wären, und die ganze Natur bei dem Anblicke eines Kampfes sich theilte, der ihr Schicksal entscheiden sollte?

Wie Schade doch, daß nicht Homer selbst in Person über diese Materie auf einer der zykladischen Inseln Erfahrungen machen konnte? Er hätte seine beiden Gedichte damit bereichert. Madame Dacier wäre uns erschöpflich gewesen, in ihren Noten über diesen interessanten Gegenstand. Eine derlei Erdichtung, in die Iliade verwebt, wäre für die Kommentatoren der vorigen und künftigen Jahrhunderte eine ewige Quelle von Zusätzen, Anmerkungen, und lehrreichen Gezänken geworden.

Es ist offenbar, daß es Homer angebracht haben würde, wenn er es gekonnt hätte. Hätten die Götter oder die Menschen zu seiner Zeit die Kakomonade gekannt, so würde er davon gesprochen haben. Sein Stillschweigen ist ein unstreitiger Beweis, daß bei der Belagerung Trojens, und lange Zeit darnach, Venus noch unschuldig war: sie ließ sich selbst verwunden, ohne wieder zu verwunden.

In den spätern Jahrhunderten lebten Hyppokrates, und nach ihm Galen in eben der Unwissenheit. Das Quecksilber schien ihnen nur in Rücksicht seiner Schwere, und seiner Flüssigkeit ihrer Aufmerksamkeit würdig. Die Helden, derer Gesundheit sie zu regieren hatten, waren nicht vernünftiger, als die unsern. Sie waren eben so lustig, eben so prächtig. Man hat uns das Detail ihrer Thaten in jeder Art aufbewahret. Wir wissen, wie sie ihre Liebesromane spielten, und wie sie ihre eisernen Lanzen schwangen. Aber wir sehen nicht, daß sie das andre Metall gebrauchten, zu welchem unsere Krieger so oft ihre Zuflucht nehmen.

Cäsar war ohne Widerspruch ein großer Mann. Man nannte ihn den Ehemann aller Weiber, und das Eheweib aller Männer. Wären diese vorübergehenden Beilager damal einem Ungefähr unterworfen gewesen; kann man wohl glauben, daß man, nachdem er derselben so viele gefeyert hatte, gefunden haben würde, daß er damit nichts anders, als nur die fallende Sucht, gewonnen habe?

Vom August sagt man wohl, daß er sich oft vor dem Feuer frottiren ließ; dieses könnte verdächtig scheinen. Aber es war ein Striegel, womit man ihn frottirte; und der ists nun nicht mehr. Er fand, wie Suetonius sagt, kein anders Mittel, um seine Gesundheit zu erhalten, und seine Haut zu jücken.

Weder Tibor, noch Kaligula, noch Nero, noch alle jene Wunder der Geilheit, denen die Beherrscherinn der Nazionen so lange unterworfen war, haben sich je des Quecksilbers gebraucht. Man sieht keinen, griechischen, oder römischen Dichter, seine Kraft besingen. Sogar diejenigen, die sich durch ihre Ausschweifungen verewiget haben, nennen keine Strafe, die mit ihren Unmäßigkeiten verbunden gewesen wären.

Ovid, in seiner Kunst zu lieben, zeigt alles an, was man von der Seite einer Buhlinn zu fürchten haben kann, er spricht von den Gefahren, die mit dem Umgange mit einer herumstreifenden Schönen verknüpfet sind. Ohne Zweifel war hier der Augenblick, der Kakomonade, wenn sie auf ihn gekommen war, eine Stelle einzuräumen. Indessen sagt er kein Wort davon.

Horaz enträstet sich über einen Knoblauch, der ihn in die Zunge gebissen. Hätt' er wohl vergessen, in einer schönen Schreibart eine Verwünschung auf das Quecksilber zu machen, wenn er davon gejückt worden wäre? Voll Nervigkeit, und ohne Umschweife sagt er einem alten Mütterchen Grobheiten, die sich die französische Politesse nicht einmal zu Sinne kommen lassen kann; hätte er ihr nicht die Kakomonade angewünscht, wenn sie zu seiner Zeit bei guten Gesellschaften im Gebrauch gewesen wäre?

Eben das kann man von den Tibullen, den Katullen, den Gallussen sagen, welche die schädlichen Orte besangen, und besuchten, und also ohne Zweifel die Gefahren derselben, wenn sich deren gefunden hätten, beweinet haben würden. Sie theilten in sanfter Ruhe sich in die Gunstbezeugungen ihrer Mätressen mit dem Publikum; und klagten sie zuweilen über ihre Unbeständigkeit, so kam es nicht daher, weil sie für sie unangenehme Folgen gehabt hat.

Es ist daher klar, daß die Korinnen, die Lesbien, die Lykorissen, sonst weit unter den, * * * und den * * *, diesen dennoch in einem Punkte überlegen waren. Es bedurfte vielleicht nicht größerer Mühe, um sie sich zu unterwerfen; aber gewiß weniger, um sie zu vergessen. Wenn man sich an ihre Gunstbezeugungen erinnerte, so dachte man nur an das Vergnügen, sie genossen zu haben. Man suchte keine Spezifika auf, um leichter das Gedächtniß zu verlieren, und man sah keine heilreichen Geschöpfe mit ihren Rezepten die Mauern Roms tapeziren.

Fünftes Kapitel.

Ob Job mit der Kakomonade in einem persönlichen Verhältnisse stand?

Da man dieser Heldinn die Ehre nicht zueignen konnte, mit den Helden der weltlichen Geschichte zu thun gehabt zu haben, so gab man sich Mühe, sie dadurch zu entschädigen, daß man sie unter die Helden der heiligen Geschichte aufnahm. Ein erlauchter Benediktiner verfaßte ihr einen sehr ehrwürdigen Stammbaum. Er schreibt ihr eine sehr nahe Verbindung mit dem berühmten Job zu, und läßt in gerader Linie sie von demselben absteigen.

Ohne Zweifel würde man nicht erwartet haben, diesen Zug seiner Erudizion in einem Kommentar über die Bibel zu finden. Indeß, da der Jünger des heiligen Benedikt so eine Materie in einem ganz zur Erbauung bestimmten Buche ohne Skrupel behandeln konnte; muß man mirs erlauben, in dem meinigen seine Schlüsse auseinander zu setzen. Wenn so ein Gegenstand unter seiner Feder, und an der Stelle, wohin er ihn setzte, kein Skandal verursachet hat, muß man sich nicht befremden, ihn hier zu erblicken, wo er sich viel natürlicher findet.

Der gelehrte Bruder Dom Calmet also, setzte in die Reihe der Ahnen der Kakomonade den tugendhaften Job, der sie seiner Seits von seiner Frau hatte, und die sie ohne Zweifel vom Teufel bekommen haben mochte. Aber wahrhaftig, es wäre wirklich genug für einen so heiligen Mann, daß er eine so böse Frau gehabt hat; wozu die Vermuthung, daß er über die Verhöhnungen von ihr auch noch ein ander Ding empfieng?

Es ist wahr, er saß auf einem Misthaufen, und fühlte sich seine Säfte nicht recht in Ordnung. Er sagt selbst, sein Fleisch wäre mit Geschwären bedeckt, seine Haut wäre ganz ausgedörret, sein Blut wäre geronnen wie Käse; welches nach Hrn. A. — — — — mit den drei Hauptsimptomen übereinkömmt, von welchen er uns seine Beschreibung gemacht hat.

Wahr ist auch, daß, um den Job zu trösten, drei von seinen Freunden sieben Tage und sieben Nächte lang, ohne nur ein Wort zu sprechen, bei ihm blieben.

Wahr ist ferner, daß nach diesem langen Stillschweigen Eliphaz, einer von ihnen durch Seitenwendungen seinen lieben Freund beschuldigt, er habe sich der Ungerechtigkeit ergeben, und den Schmerzen gesäet, dessen Frucht er nun ärnte. Er wirft ihm in figürlichen Ausdrücken vor, er habe Häuser von Koth geliebt, derer Grundfesten nichts taugten, und habe da etwas sehr dem Aussatz ähnliches erbeutet.

Unterdessen erweist dies alles noch nicht, daß der Teufel vor vier tausend Jahren nach Amerika reiste, sich da ein Körnchen von der Kakomonade zu holen, um damit einen armen Tropf van Kaldäer zu inokuliren. Man sieht wohl, daß die Krankheit desselben korrosiv, phlogistisch und koagulirend war; aber es ist ja doch nicht ausgemacht, daß diese drei Eigenschaften ausschließlich nur mit einer einzigen Art Mißbehagens verknüpft sind.

Würde wohl der Geschichtschreiber Jobs vergessen haben, vom Gifte zu sprechen, wenn ers damit zu thun gehabt hätte? Würde er nicht den Standpunkt der Krankheit angezeigt haben? Er berichtet uns, daß der Leidende seine Wunden mit Scherben trocknete. Ich berufe mich auf alle, welche zu unsern Zeiten ihre eigene Erfahrung in derlei Fällen aufgekläret hat, ob sie sich je beygehen ließen, so eine Scharpie zu brauchen.

Ueber dieß scheint es nicht, daß sich Job der Bestrafung, von der die Rede ist, ausgesetzt habe. Seine innigsten Freunde, nachdem sie ihm allerley Unbilden gesagt, und ihren stummen Trost gegeben hatten, gestehen ein, daß er mit unverheuratheten Frauenzimmern wenig zu schaffen hatte: Viduas dimisisti vacuas; woraus erhellet, daß er ein behutsamer Mann war.

Er selbst ruft auf: wo ist die Zeit, da ich meine Füße wusch? wo ich über mein Haupt meine Leuchte setzte? wo die Jugend, wenn sie mich sah, vor Schaam sich verbarg? Wo die Greise vor Verwunderung stehen blieben? Hat sich da mein Herz um ein Weib betrogen; habe ich getrachtet, mich in eine Thüre zu schleichen, die meinem Freunde gehörte; so möge meine Gattinn die — — — eines andern werden; mögen alle meine Nachbarn — — — ! — Wahrlich! das ist gar nicht die Sprache eines Ausschweiflings, der verdient hätte, an den Schätzen von Amerika Theil zu haben.

Was den Kommentator hintergangen haben kann, mag dieses seyn, daß dieses Muster der Geduld bekennt, daß die Fäulniß sein Vater, und die Würmer seine Mutter, und seine Schwester seyn. Der gelehrte Benediktiner glaubte vermuthlich, die Kakomonade konnte in so einer Familie wohl an ihrem Platze stehn. Allein das ist nur eine Wahrscheinlichkeit; und sie ist nicht wichtig genug, uns zu bestimmen, daß wir denken sollten, Job habe sich jemal in dem Falle befunden, der Flüßigkeiten des Barometers zu bedürfen.

Sechstes Kapitel.

Ob der Aussatz mit der Kakomonade einerlei Ding gewesen?

Leute, welche in der Geschichte der Kreuzzüge sehr bewandert sind, weil sie sahen, mit welcher Hitze diese ungestümen Krieger auf dem Schutte von Jerusalem die Töchter der Sarazenen geschändet haben, und über dieß ungehalten über den Anblick, daß das Reich der Kakomonade so beschränkt seyn sollte, kamen auf den Gedanken, ihr zum Wohnplatze Palestinen anzuweisen. Sie wollten sie mit dem Aussatze vermengen, der, wie man weis, der ganze Nutzen war, den man aus den auferbäulichen, aber grausamen Feldzügen des zwölften und dreizehnten Jahrhunderts davon trug.

Der Aussatz war eine kleine Unpäßlichkeit, die sich über die Haut verbreitete. Er veränderte ihre Farbe, ohne doch Narben nachzulassen. Er übersäete die Außenseite des Leibes mit grossen Blasen, die in der That so weiß waren, wie der schönste Alabaster, die aber nur ein heftiges Jücken, und eine starke Begierde verursachten sich zu kratzen.

Er war weder unter den Griechen, noch unter den Römern, weder bei den Galliern, noch Deutschen, weder bei den Asiaten, Persern, Siriern &c. bekannt; sondern er scheint eine ausschließlich eigene Krankheit in Palestina gewesen zu seyn. Die Einwohner dieses Landes allein sind es, welche die Natur selbst mit diesem Vorzuge ausgestattet hatte, wobei sie ihnen zugleich das Vermögen ließ, ihn den vorwitzigen Proseliten, so, wie die Beschneidung, mitzutheilen.

Die Juden hatten schon die Gewohnheit, unter beständigem Kratzen, in die verschiedenen Gegenden der Welt herum handeln zu gehen; allein sie scheinen nichts außer ihren Waaren unterlassen zu haben. Sie waren schon damal eben so säuisch, eben solche Wucherer, eben so verachtet, wie sie es heutiges Tages sind. Sie waren die einzigen, denen die Religion aus der Reinlichkeit eine Pflicht machte. Sie waren die einzigen, die sie vernachläßigten; und nur bey ihnen allein auch fand man Menschen, welche mit weissen Flecken, die den Kützel reizten, überdecket waren.

Entgegengesetzte Sitten sicherten die Fremden vor den Folgen, welche ein ordentlicher Umgang mit dieser Nation haben könnte; Die Römer verbrannten den Tempel, erwürgten die Priester, schleiften Jerusalem, und hatten dennoch keinen Theil an diesem Jucken: der häufige Gebrauch des Bades, und die Reinlichkeit, auf welche sie grosse Stücken hielten, verwahrte sie davor.

Sie giengen nach Europa damal über, als unsere Vorfahren sich im Jordan zu waschen giengen. Sie giengen bei dem Oelberge sich die Brust zu schlagen. Sie blieben kurze Zeit, aber doch lange genug, um so gut, als die Kinder Israel, sich kratzen zu lernen. Sie kamen nach Frankreich zurück ganz bedeckt mit Palmen und Aussatz.

Da sie viel schwitzten, sich selten badeten, und ihre Oekonomie ihnen nicht erlaubte, öfters ihre grobtüchenen Kleider zu waschen, so übermachten sie auf lange Zeit ihrer Nachkommenschaft die Gewohnheit, einen milchfärbigen Grind an der Haut zu tragen, und ihn fein manierlich mit den Fingerspitzen zu kratzen. Dieß war damal der Wohlstand der Leute von feinerer Welt, wie heut zu Tage einen Taback zu präsentiren, oder mit den Stockquästchen zu spielen.

Der allgemein gewordene Gebrauch der Leinwand machte, daß diese kostbare Gewohnheit verschwand. Sie erneuert sich nur noch an gewissen vorübergehenden Ungemächlichkeiten, wie zum Beispiel in der P — — — der grössern Gattung. Man könnte sie sehr billig für einen Abkömmling, oder wenigstens für eine sehr nahe Verwandte des Aussatzes halten. Und hiermit ists alles, was uns die Geschichte von dieser Krankheit, welche die Kreuzzüge in Europa so empor gebracht haben, berichtet.

Nach den Merkmalen, die sie karakterisiren, kann man sie durchaus mit der Kakomonade nicht vermengen. Die weissen Flecken, das Jucken begleiten diese nicht; und es scheint auch nicht, daß sie sie je begleitet haben. Wenn diese einiges Jucken verursacht, so ists innerlich, und ein wenig an den Lenden; zeigt sie sich von außen, und nimmt eine Farbe an, so weiß man zur Genüge, daß es nicht die ihrer Wesenheit nach der Jungferschaft geheiligte Weiße ist.

Weiter, so griff der Aussatz nicht die Erzeugung an. Wenn er ihr nicht günstig war, so ist wenigstens gewiß, daß er ihr keinen Schaden that. Es scheint sogar, daß er die Zeugungsorgane stärkte. Es gab in dieser Zeit Frauen, die es nach jenen der Aussätzigen lüsterte, und man sah sich das Sprichwort bewähren, das Sprichwort: Unglück ist doch zu etwas gut.

Man liest in einem gereimten Gedichte des zwölften Jahrhunderts diese zween Verse:
Felix, atque ortu vere dicenda beato,
Vivere quæ potuit leproso juncta marito.
Indessen das Gesetz verordnete, diese armen Leute aus ihrem Hause zu jagen, bestrebte sich so die Natur, ihnen die Mittel zu bieten, wie sie da mit Ehren bleiben konnten. Dieß ist nicht das einzigemal, wo die Gesetze und die Natur sich mit einander im Widerspruche fanden.

Ein sehr berühmter Arzt hat durch einen schönen Schluß erwiesen, daß von dem Aussatze diese Wirkung nothwendig erfolgen müsse. Die Kakomonade hat diesen Vortheil bei weitem nicht. Man kann also schließen, daß sie miteinander nichts gemein haben.

Die einzige Aehnlichkeit, die ich an ihnen sehe, ist, daß sie alle beide nach eben so ungerechten, als blutigen Feldzügen in Europa überpflanzet worden sind. Die Kreuzzüge, und die Verheerung der Insel Hispaniola sind die Epochen der zwoen größten Plagen, mit denen das Menschengeschlecht seit der Erbsünde her in Europa heimgesucht worden ist. Es scheint, ob hätte die Natur den Ländern, die wir usurpiren wollten, vorsetzlich um uns zu strafen etwas mitgetheilet, womit sie das Blut ihrer unbarmherzigen Eroberer anpesten sollten.

Dennoch wird uns dieß Beispiel nicht bessern. Man spricht von unentdeckten Ländern, von neuen noch unbekannten Welten an der Süderseite. Der Geiz ist auf dieses ihm so schmeichelhafte Gerücht schon aufgewacht. Man hat sich gewagt, sie zu suchen. Die Nebel, und vielleicht das Mitleid der Vorsicht haben uns ihnen bisher entzogen. Man darf alles welten; wenn wir sie je entdecken, so führen wir dort unsere Habsucht, und unsere Grausamkeit ein, und sie beschenken uns zur Wiedervergeltung mit einer dritten Plage, womit wir sehr sorgfältiglich unser Klima zu bereichern suchen werden.

Dem sei, wie ihm wolle; aus dem Vorhergehenden sieht man übrigens, daß die Kakomonade in Rücksicht unser kein gar grosses Alterthum hat. Wie sehr man sich auch bestrebt, die Ehre ihrer Geburt den frühern Jahrhunderten zuzueignen; so setzen sich Vernunft und Wahrheit dagegen. Alle Vernünfteleien, und alle Erzählungen in dieser Hinsicht sind falsch. Keine ist gegründet, außer derjenigen, welche die Rückkunft des Christophorus Kolumbus in Europa als den Zeitpunkt angiebt, in welchem die Vergnügungen der Liebe da gefährlich zu werden begannen.

Siebentes Kapitel.

Ob gewisse Vorschriften, die eine große Königinn einem ordentlichen Hause gab, die vorstehende Behauptung über die Epoche der Kakomonade umstossen können?

Bei der Unternehmung dieses wahrheitvollen Werkes machte ich mir die genaueste Aufrichtigkeit zum Gesetze. Daher muß ich selbst jene Dinge anführen, die meinem Sisteme entgegen zu stehen scheinen. Nun scheint dieß durch gewisse Vorschriften erschüttert, die um das Ende des vierzehnten Jahrhunderts von einer großen tugendvollen Königinn einem erbaulichen Hause gegeben worden sind. Ich hielt für gut, sie vollständig anzuführen, damit jene, die etwa versucht werden möchten, sie zu lesen, sich desto besser unterrichten könnten.

Vorschriften, welche die Königinn Johanna die Erste, Königinn beider Sizilien, und Gräfinn von Provence einem Mädchenkloster zu Avignon gegeben hat.

1

Im Jahre tausend dreihundert sieben und vierzig hat unsere gute Königinn Johanna erlaubet, in Avignon ein B — — — zu erbauen. Sie will nicht, daß alle galanten Weibsleute sich in der Stadt ausbreiten; sondern sie befiehlt, sich in dem Hause verschlossen in halten, und, um kennbar zu seyn, auf der linken Achsel ein rothes Nestel zu tragen.

2

Item: Wenn einem Mädchen eine Schwachheit zustieß, und sie sich mehrere erlauben will, so soll der erste Gerichtsdiener sie, unter dem Arme bei dem Schlage der Trommel mit dem rothen Nestel auf der Achsel, durch die Stadt führen, und sie zu den übrigen in das Haus einquartiren; Er soll ihr verbieten, sich außer dem Hause in der Stadt sehen zu lassen, unter der Strafe, daß sie das erstemal heimlich gepeitscht, das zweitemal öffentlich gepeitscht, und auf den Schub gegeben werden würde.

3

Unsere gute Königinn befiehlt, das Haus soll in der Gasse der gebrochenen Brücke, nahe am Kloster der Augustinerbrüder bis zum steinernen Thore erbauet werden, und an der nämlichen Seite eine Thüre haben, wo Jedermann hindurchgehen, die man aber doch mit einem Schlüssel versperren, könne, damit die Jugend die Mädchen nicht zu besuchen vermöge, außer mit der Erlaubniß der Äbtissinn, oder Vorsteherinn, die alle Jahre durch die Bürgermeister ernennt werden soll. Sie soll die Jugend ermahnen, kein Aufsehens zu machen, und die Mädchen nicht zu kränken. Sonst würde sie, bei der mindesten Klage, die sich gegen sie erheben würde, mit dem Schritte aus dem Haufe, durch den Gerichtsdiener in Verhaft geführet werden.

4

Die Königinn will, daß alle Sonnabende die Superiorinn, und ein von den Bürgermeistern abgeschickter Barbier alle Mädchen, die sich in dem B — — — befindenwerden, visitiren soll; und findet sich eine darunter, für welche dieß Metier verdrüßliche Folgen gehabt hat; so soll diese von den andern abgesondert, sie soll in einem abgelegenen Orte eingewohnt werden, damit Niemand zu ihr könne, und man bei der Jugend gewisse Zufälle verhüte.

5

Item: So sich ein Mädchen fände, das schwanger würde, da soll die Vorsteherinn wachen, daß sie ihre Frucht nicht abtreibe; auch soll sie die Bürgermeister davon berichten, damit sie das Kind versorgen.

6

Item: Die Vorsteherinn soll am Charfreitag, und Charsamstag, wie auch an dem glorreichen heiligen Ostertag Niemanden den Eintritt in das Haus gestatten, bei Strafe der Kassazion, und öffentlichen Stäupung.

Item: Die Königinn will, daß die Mädchen alle unter einander ohne Zänkereien und ohne Eifersucht leben; daß sie sich nichts entwenden, und sich nicht raufen, sondern sich wie Schwestern lieben sollen. So eine Klage entsteht, so hat die Vorsteherinn sie unter sich zu vergleichen, und sie sollen schuldig seyn, auf ihren Ausspruch sich zu beruhigen.

Item: So ein Mädchen einen Diebstahl begangen hat, da soll die Vorsteherinn sie das Gestohlene in Güte zurückgeben heißen. Sollte sich die Diebinn der Zurückgabe weigern, so wird sie das erstemal von einem Gerichtsdiener auf einem Zimmer, im Rückfalle aber durch den Scharfrichter in der ganzen Stadt gestäupet werden.

Item: Die Vorsteherinn soll keinen Juden annehmen. Im Falle sich einer fände, der sich durch List hineinstähle, und mit einem der Mädchen bekannt wäre, der soll eingezogen, und dann öffentlich durch die Stadt gepeitschet werden.

Wenn man den letzten Artikel liest, so kann man nicht genug die Delikatesse des Sammlers der Gesetze bewundern. Er wollte die ungläubigen Juden eines Hilfsmittels berauben, welches für die gläubigen Christen bereitet war. Vielleicht wollte er diese verirrten Unglücklichen wie wilde Thiere behandeln, die man mit Hunger und Durst bändiget. Das wäre ein seltsamer Weg, sie in den Schooß der Kirche zu führen. Doch, man weis es ja; es gab Jahrhunderte, wo man allerhand Wege einschlug, um das Herz des Menschen zu unterjochen.

Wie Johanna diese so nützliche Einrichtung machte, mochte sie beiläufig drei und zwanzig Jahre haben. Vielleicht wird man schwer glauben wollen, daß eine Prinzessinn von diesem Alter darauf bedacht gewesen sey, sich zur Gesetzgeberinn einer derlei Stiftung zu machen. Aber, wenn man dabei bedenkt, daß diese schöne Königinn damal schon einen Ehemann, der ihr mißfiel, aufhängen ließ; daß sie dreien anderen, derer sie nach und nach müde ward, das nämliche Schicksal bestimmte; daß sie in der großen, Kunst, sich so von eckelhaften Männern zu befreien, keine ihres Gleichen hatte, als die Königinn Maria Stuard, deren Tod den UmstehendenThränen erzwang, und die ganze Christenheit auferbaute: — so wird man weniger erstaunen, daß sich Johanna so frühzeitig mit den Vergnügungen ihrer Unterthanen beschäfftigt habe.

Uibrigens waren die Gesetze, denen sie die Werkzeuge derselben unterwarf, sehr weise; und es wäre zu wünschen, daß man sie überall annähme, und daß unter andern die Visitation nicht vergessen würde. Denn die menschliche Schwachheit scheint einmal doch von den Fürsten einige Nachsicht, besonders aber ihre Aufmerksamkeit auf die Erleichterung, die man ihr bereitet, zu erheischen. Und sie sind auch im Gewissen verbunden, sorgfältig zu wachen, um bei der Jugend gewisse Zufälle zu verhüten.

Diese Untersuchung scheint dem, was ich bisher gesagt, zu widersprechen, und die Epoche der Kakomonade früher anzusetzen. Wenn man schon seit dem vierzehnten Jahrhunderte mit den öffentlichen Lustmädchen sich in Acht nehmen mußte, so folgt daraus, daß auch ihre Waare schon eine koagulirende oder korrosive Wirkung an sich hatte. Und so könnte man vermuthen, daß sie schon seit jener Zeit der Unbequemlichkeit unterworfen waren, die hier der Gegenstand unsrer tiefsinnigsten Untersuchungen sind.

Unterdessen sieht man, wenn man es recht erwägt, daß aus diesem Zuge der Geschichte sich gegen meine Grundsätze kein Widerspruch ergiebt. Bürge dafür ist mir der hochgelehrte Arzt, der mir einen Theil der seltsamen Bemerkungen an die Hand gab, mit denen mein Buch bereichert ist. Er beweiset bis zur Evidenz, daß der vierte Artikel der Königinn Johanna jene, die mit mir gleich denken, nicht aus der Fassung bringen darf. Vor dem fünfzehnten Jahrhundert konnten die Gegenstände der Zärtlichkeit dieser schönen Königinn andern Ungemachen ausgesetzt seyn, als diejenigen sind, die durch eine unbekannte Ursache auf San Domingo hervorgebracht wurden.

Man weis zur Gnüge, daß auch noch in unsern Tagen die Kakomonade nicht die einzige gefährliche Macht ist, welche an solchen Orten, wie jene waren, die die Gräfinn von Avignon in ihren Schutz nahm, herrschet. Nichts also kann die Feste meiner Grundsätze erschüttern. Es ist evident, daß bis zum Ende des fünfzehnten Jahrhunderts die Vergnügungen wenig ansteckend waren. Man konnte sich ihnen noch ohne viele Furcht überlassen, als ein Italiäner es für gut fand, die Kakomonade Europen, und durch Europen der ganzen Welt mitzutheilen.

Achtes Kapitel.

Einführung der Kakomonade in Europa, und in Frankreich.

Dreihundert Jahre sind es, daß uns ein Genueser das Glück verschaffte, Amerika zu kennen. Man ist nicht im Stande, sich genug bei den Vortheilen aufzuhalten, die uns daraus zugeflossen sind. Diese Entdeckung brachte uns das Vergnügen zu Wege, auf unsern Kleidern Tressen zu tragen, und um das Dreifache mehr für das Brod — zu bezahlen. Seit diesem glücklichen Augenblicke ists, daß unsre Frauenzimmer Papageien, und unsre Matrosen den Scharbock haben. Seit dieser Zeit fand man sich in Europa in den Stand gesetzt, Jahr für Jahr nach allen Regeln zweimal hundert tausend Menschen zu erwürgen, anstatt, daß zuvor die durch das Kriegs- und Völkerrecht gesetzgekräftigten Massakres sich höchstens auf beiläufig sechzig tausend beliefen.

Das erste Schiff, welches so, mit den Produkten der neuen Welt befrachtet, in Spanien anlandete, erregte da ein allgemeines Erstaunen. Man ward nicht müde, die Helden zu bewundern, welche so weit her, und mitten durch so große Gefahren, neue Quellen für die Glückseligkeit des Menschengeschlechtes geholet hatten. Man ward entzückt, da man die Frucht ihrer Arbeiten erblickte.

Auf dem Verdecke, und an den für das Auge angenehmsten Orten nahm man kurze Gewänder von rothen Federn wahr, die mit dem Blute der Indianer gemalet waren; Ohrringe, an denen die Spitzen der Ohren hiengen, von denen man sie abgerissen hatte; Ringe, die man sammt den Fingern ihrer vormaligen Besitzer mit übergeführet hatte; goldne Nasenringe sammt den Nasen, die lange Zeit damit sich gebrüstet hatten.

Die Argonauten des sechszehnten Jahrhunderts pochten mehr auf Muth, als auf Geduld, um sich desto geschwinder den Schmuck der Karaiben zuzueignen, raubten sie mit einem den Schmuck, und den Theil des Körpers, an dem er befestiget war, ab. Alles, was die Ehre hatte, mit Golde bedeckt zu seyn, blieb sammt seiner Zierde unter den Händen der Sieger. Dieß geschah, um die Zeit zu ersparen, mit welcher die Eroberer aller Jahrhunderte gewaltig geizten. Diese Oekonomie both eine überflüssige Ladung für ein Schiff, das nach Spanien kam, um da die Beute aus einem andern Welttheile auszukramen.

Während dieses Schauspiel alle Augen auf sich zog, ward man der Kakomonade, die hinter so vielen kostbaren Gepäcken verborgen lag, nicht gewahr. Sie machte sich fertig, festen Fuß zu fassen, und wählte sich schon ihre Wohnungen mitten unter dem Haufen, der sie umgab. Sie hatte sich bald ausgeschifft, und folgte dem Christoph und Martin Kolumbus bis nach Hofe, wo eine tugendhafte Königinn, Namens Isabelle, den Thron besaß, von dem sie so eben ihren Bruder herabgestossen hatte.

Diese weise Prinzessinn mit ihrem Gemahle, dem aufrichtigen, großmüthigen Ferdinand dem Katholischen, hatte dem Könige von Neapel, ihrem Blutsfreunde geschworen, ihn zu beschützen. In der Folge fanden sie, daß es edler, anständiger, und gerechter wäre, ihn auszuplündern. Sie ließen also zu Barzellona zu diesem Felszuge ihre Trouppen die Schiffe besteigen.

Die Trouppen giengen unter Seegel mit einer ganz neuen Gattung von Provisionen. Einen Hauptartikel davon machte die Kakomonade, ob sie gleich in die Verzeichnisse der Proviantmeister nicht eingetragen war. Sie reiste zu gleicher Zeit mit der Armee. In Italien, dessen Landesgebräuche ihr nicht günstig waren, machte sie Anfangs schlechte Progressen. Aber zu ihrem Glücke hatte sich Karl der Achte in den Kopf gesetzt, den heiligen Vater Alexander den Sechsten zu Rom zu besuchen.

Jedermann weis, wie unnütz, und prächtig dieser Feldzug war. Die französischen Ritter entwickelten da den wunderbarsten und fruchtlosesten Heldenmuth. Reißenden Fluges brachten sie Mailand, Florenz, Rom, Neapel, und die Kakomonade an sich; aber von allen Eroberungen, war diese letzte, die sie am liebsten aufgegeben hätten, die einzige, die ihnen blieb. Bei ihrer Heimkehr, überpflanzten sie sie in ihr Vaterland, wo die französische Galanterie sie mit allen Ehren empfieng; und dieß war beinah der einzige Nutzen, der unsern Verfahren aus einem so herrlichen Feldzuge zufloß.

Neuntes Kapitel.

Verschiedene Reisen der Kakomonade.

Indessen die alte Bewohnerinn von Amerika sich so unter dem Gefolge einer Menge wackerer Krieger den Eingang in Frankreich öfnete; entwischte sie von Zeit zu Zeit, um auch in den übrigen Theilen der Erde Kolonien anzulegen. Sie schwamm die Rhone hinunter um in der Themse zu ankern. Sie maß die Pireneen zurück, um queer durch Spanien in Portugal zu eilen. Sie schifte sich zu Lisabon ein, um von Goa Besitz zu nehmen, den sie gemeinschaftlich mit der heiligen Inquisition noch behauptet.

Von Kadix reiste sie nach Fez in Mauritanien mit einigen Juden oder Mahometanern, welche der religiose Ferdinand, der Katholische in seinem Reiche nicht dulden wollte. Sie drang mitten durch die Sandberge von Afrika bis zur Zone torrida ein. Sie wagte sich ohne Furcht unter jene schrecklichen Weiber der melindischen Küste. Sie breitete sich aus von dem Ursprunge des Senegal an bis zur Kafferei, und von Monomotapa bis an die Mündung des Nil. Sie wurzelte überall mit den Jesuiten, die dem ungeachtet nicht ihre eifrigsten Missionarien waren. Unermüdet, wie sie, aber in einer andern Art, faßte sie geschwinder als sie in den beträchtlichsten Wechselstuben Fuß. Sie hinterließ einsichtige Faktoren, die sichs angelegen hielten, die Anzahl ihrer lockeren Gesellen zu vermehren.

Mit mehr Bequemlichkeit begab sie sich durch Marseille nach Syrien und Aegypten. Sie durchsuchte die morgenländischen Handelsplätze. Die eisernen Gitter am Serail machten sie knirschen vor Zorn. Röthe überzog ihr das Gesicht bei dem Anblicke von einem Haufen Menschengestalten, die, nicht nur unfähig sie mitzutheilen, sie nicht einmal anzunehmen im Stande waren. Unterdessen fand sie doch mittels der miethbaren Zirkassierinnen, die hier nicht seltner, als anderswo sind, und mit denen das Gesetz Mahomets den Umgang den Unbeschnittenen eben sowohl als den Gläubigen gestattet, einen Eingang bis zu den stolzen Muselmännern von der Sekte Omars.

Liebreich übersetzten sie diese zu den Ketzern von der Sekte des Aly, welche sie führten zu den Unterthanen des Mogul, die da anbeten den Brama und den Visthnu, welche sich Mühe gaben, sie mit Binsen zu versehen, um sie nach Makao und Nangazoni zu den Theologen des Fo und des Kaka zu übersetzen.

Auf ihrem Wege stieß sie an die Küste von Malabar. Sie nahm in den Philippinen und Moluken unter dem Schatten der Ananas und Kokusbäume Erfrischungen zu sich. Sie nährte sich da von Mußkatnißen, und Zimmet. Nachdem sie so die Ende der Welt durchwandert hatte, betrachtete sie mit Bewunderung den weiten Bezirk ihrer Macht.

Es giebt, sagte sie mit Entzücken, rothe und erzfärbige, milch- und pomeranzenfärbige, aschgraue und kohlschwarze Menschen, und all das gehört mein.

Man findet ihrer, die mit dem Safte von Trauben, von Aepfeln oder von Gerste, der durch die Gährung sauerte, sich berauschen; andere, die mit eben diesem Safte, den sie durch das Feuer distilliren, sich leckerhaft vergiften; andere die einen braunen, und ungesunden Staub in die Nase stopfen; andere, die mit Baumblättern Kalk fressen; andere, die ihre Nachbarn stäupen, oder erwürgen lassen; und all das gehört mein.

Man sieht Weibsleute, die sich kaleinirtes Bley über das Gesicht schmieren; andre, die sich die Wangen, oder Arme mit Indigo, färben; andere, die ihren Hals zeigen; andere, die nichts, als allein ihren Hintern bloß tragen; andere, die sich parfümiren, und frisiren, um Liebhaber an sich zu locken; andere, die dieselben, wenn sie sich zu gewissen Zeiten bei ihnen aufhalten, mit der Pest beschenken; und all das gehört mein.

O tapfrer und berühmter Christoph Kolumbus! o ihr meine getreuen, und vielgeliebten Kastilianer! ewiger Segen sey mit euch, die ihr mein Geschlecht, wie den Sand am Meere, und meine Nachkommenschaft wie die Sterne am Himmel vermehret habt. Mögen die Schätze, des Potosi für euch so unerschöpflich werden, wie die meinigen! möchtet ihr unaufhörlich eben so die Stützen meines Reiches seyn können, wie ihr die ersten Verbreiter desselben waret!

Nachdem sie sich so von ihrer Dankbarkeit, und von ihren Eroberungen Rechenschaft gegeben hatte, begab sich die Kakomonade auf den Weg, um neue zu machen, oder um die alten fester zu gründen; Das Fuhrwerk, dessen sie sich bediente, war sanft. Kein Wunder, daß sie nach so langwierigen, und so schnellen Reisen dennoch im Stande war, nach Frankreich zurückzukommen, das sie zum Mittelpunkte ihres Reiches bestimmet zu haben schien.

Man muß nicht vergessen, daß sie bey jeder ihrer Wanderschaften die Kleidungsart, und den Namen der Nation annahm, von welcher sie abreisete. In Frankreich war sie eine Neapolitanerinn, zu Neapel und Madrid eine Französin, zu Lisabon eine Kastilianerinn, zu Nangazaqui eine Portugiesinn, zu Ispahan eine Türkinn, und zu Konstantinopel wieder eine Französinn. Vielleicht giebt es nichts so schönes, als der Anblick ist, wie sie über Gebirge und Meere setzte, sich vom Adamspik auf die Spitzen des Imaus schwang, und von den Ufern von Kalifornien nach Madagaskar flog. Wir glaubten, daß dieses Schauspiel wenigstens sein Kapitel verdiente.

Zehntes Kapitel.

Von dem Ursprunge der Perücken.

Wir sahen die Kakomonade durch eine schöne Pforte in Frankreich eingehn. Sie säumte nicht, der ganzen Nation Beweise ihrer Dankbarkeit zu geben. Sie breitete sich daselbst bis zum Uebermaaß aus. Wenn man den Geschichtbüchern der damaligen Zeit Glauben beimessen will, so nahm sie F — — E — — — sich zur Seite auf den Thron. Es kostete ihn nur fünfhundert Thaler, sein Zäpflein, und die Haare. Doch fand er bald Ersatz für sein Leisereden, und um sich das Haupt wohl zu bedecken.

Die erfinderischen Köpfe, womit Frankreich von jeher angefüllt war, litten es nicht lange, daß ihr König so weit gebracht seyn sollte, keine andere Koeffüre, außer einer Schafmütze zu haben. Sie machten bald eine weit edlere, deren Stof vom Menschen selbst genommen war. Geschickte Hände verfertigten jene sinnreichen Zöpfe, welche dem Werke der Natur nachahmend die schmucklose Glatze einer Hirnschaale mit einem Walde von Haaren besetzen, die sie selber nicht hervorgebracht hat.

Es hat Jemand gesagt, wenn ein König einäugig wäre, so könnte unter den Hofleuten leicht die Mode aufkommen, nur ein Aug zu tragen. Das Beispiel F — E — war nicht so schwer, nachzuahmen. Er hatte das Vergnügen, seine Unterthanen in die Wette ihm folgen zu sehn. Wenige Zeit darauf sah man von der Rhone an bis zur Maas keine andern, als falsche Haare, und vernahm keine anderen, als erstickte Stimmen.

Seit dem hatten wir Könige, welche ihr Zäpflein nicht verloren, und derer Stimmen sich wieder eingefunden haben; dennoch sind die Perücken ungeachtet aller Verfolgung der Geistlichkeit geblieben. Diese hoch- und wohlehrwürdigen Glieder der Kirche schienen lange Zeit über die Unanständigkeit, welche sie hervorgebracht hat, entrüstet. Sie untersagten allen ihren Dienern den Gebrauch derselben, und es ist noch nicht lange, daß ein kahlköpfiger Priester nur mit vieler Mühe von seinem Erzbischofe die Erlaubniß erhielt, sich dieses Hilfsmittels, das erfahrnern Personen noch verdächtig scheinen kann, unschuldig zu gebrauchen.

Die Noth hat in der Folge die Laien nachsichtiger gemacht; allein die Mönche haben den nicht gar ehrsamen Ursprung der Perücken nicht vergessen. Sie sind noch itzt aus allen Klöstern verbannt, oder wenigstens doch aus jenen, die da einen großen Geruch von Regelmässigkeit von sich geben wollen.

Die Karmeliter, die sich wegen ihres Standes, und aus freier Willkühr der Keuschheit weihn, duldeten unter sich nicht einen Haarschmuck, der seinen Ursprung nicht ihr zu danken hat. Die Kapuziner, zufrieden, natürliche Haare in ihrem Gesichte zu tragen, achteten nicht darauf, sich erborgte auf den Kopf zu pflanzen. Die andern Mendikanten, der Mässigkeit, und ihrer Regel getreu, wie die Franziskaner, oder der Nettigkeit ergeben, wie die Baarfüsser &c. wollten ein Gut nicht haben, von dem der große heilige Franz nie etwas gewußt hat.

Vielleicht fürchteten sie, der Gebrauch desselben möchte den Verdacht erregen, als hätten sie ebenfalls Wundmaalen von einer andern Art, als jene ihres verehrungswürdigen Patriarchen waren. Vielleicht auch schreckte sie der Gebrauch des Kammes ab, dessen ein geschorener Kopf entübriget ist. Wenigstens ist gewiß, daß sie ohne alle Unruhe kunstverständige Barbierer bei den Bäurinnen in den Dörfern die Schur vornehmen sehn; und wenn sie diese allein, oder abseits antreffen, so sind es niemal Haare, was sie sich von ihnen erbitten wollen.

Indessen war diese ausgemachte Verachtung dennoch ihrem Gegenstande nicht schädlich. Die Perücken, durch ein königliches Bedürfniß veranlaßt, scheinen dadurch in den Augen der europäischen Nazionen nur veredelt worden zu seyn. Lange Zeit maß man ihr Volumen nach der Würde, oder Fähigkeit des Gegenstandes ab, welcher sich damit schmücken sollte. Vorzüglich bei Hofe schätzte man diese Art, den Werth der Menschen zu bestimmen, hoch. Man konnte versichert seyn, daß eine Masse Haare von drei Schuhen in das Gevierte ein erhabneres Verdienst ankündigte, als dasjenige war, das nur eine Masse von zween Schuhen bestimmte.

Diese Zeit war die Zeit unsrer Herrlichkeit. Es scheint, als wäre die Ehre unsrer gegenwärtigen Reiche, gleich der Stärke Samsons, mit geheimnißreichen Zöpfen verbunden gewesen, vor denen das Schwert Ehrfurcht haben sollte. Wir haben gestattet, daß die unheilige Scheere der Philistäer sie berührte. Die Mode, als eine zweite Dalila, legte ihre Hand an die erhabenen Hüllen, welche den Augen des gemeinen Mannes die Weisheit, und den Tiefsinn der Bemerkungen unsrer Väter entzogen.

Man weis auch, was daraus entstanden ist. Nach dieser fatalen Operazion wachten unsre itzigen Völker auf ohne Stärke, und ohne Herzhaftigkeit. Seit dem die kleinen Perücken auf den Köpfen sitzen, brachten sie denselben nur kleine Einsichten hervor. Die leichten Haaraufsätze ließen die Substanz evaporiren, welche zuvor die weiten Hauptdecken da nährten. Von der Zeit an haben sich unsre Gehirnchen volatilisirt, so wie sich bei ungeschickten Distillirern die Geister flüssiger Körper zerstreuen, wenn der Helm und die Distillirflasche nicht recht wohl verpichet sind.

Das Gebieth der Perücken hat sich also vermindert; aber die Macht ihrer Mutter hat es sich nicht. Mit jedem Tage sieht man noch ihre Fortschritte sich vermehren.

Der Arme dessen Hütte Stroh und Rohr bedeckt,
    Erkennet ihre Macht;
Sie wird vom Krieger, nicht vom Thor der Burg verschreckt,
    Wo der des Königs wacht.

Aus dem Vorhergesagten sieht man, daß die Kakomonade ein gemeinschaftlicher Feind ist, wider den man sich zu vereinigen hat. Sie macht sich gleich feindlich an den Szepter, und an den Hirtenstab. Der Szepter und der Hirtenstab also müssen gleich eifrig zusammen stehn, sie aus dem Felde zu schlagen. Zu diesem Endzwecke hat man schon verschiedene Mittel versucht, aber alle wenig wirksam, alle unzureichend.

Eilftes Kapitel.

Hilfsmittel, derer man sich gegen die Anfälle der Kakomonade bedient. Warum nicht die Aerzte den Kampf mit ihr wagen?

Die Geschichte erzählt, daß bei der ersten Schlacht zwischen den Römern und Griechen, diese, da sie die Sieger blieben, sich zur Unterhaltung mit der Untersuchung der Wunden beschäftigten, welche ihre Kriegsgenossen, die im Gemenge umgekommen waren, empfangen hatten. Sie entdeckten gespaltene Köpfe, abgehauene Arme, und an Brust, und Rücken durchschossene Körper. Die Geschichte setzt hinzu, daß so, wie ihre Waffen sie nur etwas aufritzten, sie den Gedanken nicht aushalten konnten, sich mit Leuten zu schlagen, die solche Hiebe austheilten. Der bloße Anblick eines italiänischen Säbels machte in der Folge sie zittern; und dieser Schrecken, trug nicht wenig bei, ganz Griechenland der Macht der Römer unterwürfig zu machen.

Man kann sagen, daß es bei der Ankunft unsrer Reisenden das nämliche Bewandniß hatte. Die Doktoren hatten sich mit den Bürgerinnen unsrer Himmelsstriche vertraut. Sie kurirten ohne Anstand die Unverdaulichkeiten, die Fieber, und andere Krankheiten, welche durch unsere Wehen ihre Glücksgüter befestigten. Aber das Vertrauen auf ihre Kunst fiel bei dem Anblicke eines Gesichtes, wovon Hyppokrates keine Züge anatomirt hatte. Bei der Herannäherung dieses furchtbaren und unbekannten Feindes sah man sie die Flucht ergreifen.

Es ist wahr; ihre Gegenwart kündigte sich durch etwas schreckliche Zeichen an. Man ließ seine Nase im Schnupftuche zurück. Man spuckte seine Zunge aus, und die Drüsen, die sie stärken. Wenn man einen Stein werfen wollte, so erstaunte man, daß man seinen Arm hinweggeschleudert habe. Man fand sich ganz in den Zustand der Wächter des Serails versetzt, denen die Vorsicht der Türken das Vermögen nimmt, auch nur den Schatten eines Verdachts erregen zu können. Man sah eine so schreckliche neue Erscheinung als die stärkste Waffe des Todes an. Man überredete sich, das Menschengeschlecht sei durch diese neue Art, mit der es angegriffen wurde, seinem Untergange nahe gebracht.

Um das Maaß der Furcht vollzufüllen, bildete man sich ein, sie wäre so ansteckend als die Pest. Man wußte nicht, daß es nur eine Art gäbe, sich ihr auszusetzen, und daß man immer die Freiheit hätte, sich davor zu verwahren. Das Mißtrauen war in die ganze Gesellschaft verbreitet. Jeder zitterte für seine Person. Unbarmherzig entfernte man sich von den Unglücklichen, die damit geschlagen schienen. Gleichzeitige Schriftsteller gestehen, daß viele davon, welche man aus allgemeiner Furcht verlassen hatte, in der Tiefe der Wälder zu Grunde giengen.

In dieser allgemeinen Beklommenheit verlor die Fakultät ihren Kopf, Eskulap, aus seiner Fassung gebracht, hörte auf, Orakelsprüche zu geben. Das war keiner jener Augenblicke mehr, wo mit lauem Wasser, und einem Strome von Beredtsamkeit ein Doktor aus der Kraft der Natur sich seine Ehre machen konnte. Hier blieb sie in der Unthätigkeit; sie wurde auf der Stelle überwältigt. Mit großem Geschrei rief sie die Kunst zu Hilfe, und die betroffene, gedemüthigte Kunst konnte nur ihr unnützes Mitleid an sie verschwendet. Es fiel ihr gar nicht ein, eine Gegnerin zu verfolgen, die sie sich nicht einmal zu besichtigen wagte.

Unterdessen wurde mit der Zeit durch die Gewohnheit ans Schauspiel sein Eindruck vermindert. Leute ohne Namen, Scharlatane, frecher, oder gewinnsüchtiger, als die Doktoren, fanden sich zu einem Kampfe ein, dessen Sieg sie treflich bereichern müßte. Für den Erfolg konnten sie nicht stehen, aber wenigstens brachten sie doch die Hofnung aufs Geld.

Man machte Versuche; man wagte Eintrichterungen von Säften; man erholte sich bei chymischen Zubereitungen Raths; man zog China und Amerika zur Steuer; man bannte den Hyppokrates ins Leben; dennoch erhielt man keine Kenntnisse, und zankte sich schon mit vieler Hitze über die Mittel, sich dieselben zu verschaffen.

Endlich kam bei dieser Gelegenheit, wie bei allen andern, das Ungefähr der Wissenschaft zu Hilfe. Man hatte eine flüßige Materie unter den Händen, weiß wie Silber, und schwerer, als es;

aber bekannt, durch ihre Eigenschaft, sich an die andern Metalle anzuhängen, und selbst unter die Metalle gerechnet, ohne daß man viel wußte, warum. Niemand konnte sich einfallen lassen, daß dieß mit Fette abgetrieben, und auf die Haut gelegt, oder mit andern Ingredienzien, die seine Wirksamkeit mäßigen konnten, vermischt, und zu trinken gegeben, den glücklichen Erfolg haben sollte, diese Fremdlinginn, deren Aufenthalt ihren Gastfreunden so verderblich war, zur Flucht zu zwingen.

Wirklich behauptet man, daß manche sehr erfahrne Araber in einigen Umständen sich dessen schon bedienet haben. Sie brauchen es, sagt man, um die Läuse zu tödten, um die Zittermaale zu vertreiben, um das Jücken, und andre Krankheiten der Haut zu stillen. Aber in Europa wußte man von ihrer Methode nichts. Und hätten auch Avicenna, oder Serapion davon geredet, so wars darum unsern Vorfahren um nichts leichter zu errathen, daß das, was gegen die Läuse gut war, es auch gegen die Kakomonade sey. Was man übrigens Gewisses weis, ist, daß die Entdeckung davon gemacht wurde, daß man sie annahm, und daß sie von glücklichem Erfolge war.

Der Ruf davon säumte nicht, sich zu verbreiten. Von allen Seiten nützte man es. Das Sonderbare dabei war, daß sich die Fakultät mit all ihrer Macht dagegen setzte. Es war nicht ihr Wille, daß man ein Hilfsmittel suchte. Sie schien nach ihrer Gewohnheit nur dazu mit Muthe gewaffnet, um das Gefundene zu bekämpfen. Ganz Europa erscholl von den Deklamazionen gegen dieses nützliche Fluidum, das sie bloß in die Barometres verbannet wissen wollte. Es stand nicht bei ihr, daß sich nicht die Obrigkeit ins Mittel legte, um den Gebrauch davon zu verbieten.

So sah man die Brechmittel heftig von den Vorfahren derjenigen verschrien, die sie heut zu Tage verordnen. So donnerte man mit der größten Entrüstung wider die Chinarinde, wider die Ipekakuana &c. auf eben jenen Lehrstühlen, wo man itzt ihre Heilkräfte mit Enthusiasmus zergliedert. So fand in unsern Tagen unter Leuten, die für weise gelten, die Inokulazion unversöhnliche Feinde. Zu Doktoren angenommene Aerzte haben eine Schrift unterzeichnet, wo man sagt, man sollte die Fremden auf ihre eigene Gefahr die Probe damit machen lassen. Schwerlich vielleicht würde man treffendere Beispiele von Inkonsequenzen anführen können, zu denen Leidenschaft und Stützköpfigkeit sogar unterrichtete Leute bringen können. Die Mode und Meinung sind in allen Dingen die Königinnen der Welt; aber das Quecksilber hatte durch seine Nützlichkeit gewiß nicht verdient, ihrer Kaprize unterworfen zu werden.

Man bestritt es nicht lange. Bald darauf, nachdem man versucht hatte, ihm den Stab zu brechen, sah man sich genötiget, es zu gebrauchen. Die Fakultät, von dessen Beistand versichert, wollte sich nun wieder den Unglücklichen nahen, an denen sie auf gewisse Art zur Verrätherinn geworden war. Aber der Platz war erobert. Eine Nebenbuhlerinn, von ihr lange Zeit verachtet, hatte sich des Augenblicks ihres Schreckens bemächtigt.

Da die Zeichen des Unglücks, dem man abhelfen sollte, sich von Aussen zeigten, und die herrschende Fakultät sie zu fürchten schien, so hatte eine andre, minder furchtsame, und thätigere Fakultät sie sich zugeeignet. Diese war die Erste, die mit einiger Methode den Gebrauch des flüssigen Silbers wagte, das, in den Händen der Empiriker, vielleicht eben so viel böse, als gute Wirkungen machte. Sie bemeisterte sich des Zutrauens des Publikums; und als die andern, von ihrem Schrecken zurückgekommen, einen Posten, mit dem sie schalten zu können glaubten, wieder einnehmen wollten, waren ihre Bemühungen darum vergeblich.

Eine Miene, reicher als die von Peru, öffnete sich hier. Die Usurpatoren behielten bis auf den heutigen Tag das Recht, beinah allein daran zu arbeiten. Die herrschenden Doktoren sehen sich mit Verdruß von der Quelle so vieler Reichthümer ausgeschlossen. Oft versuchen sies, sich dazu hinein zu stehlen; aber man gestattet ihnen nicht, die kostbare Komposizion zu verfertigen; welche die Fremde ihres Thrones beraubt, und das Geld der Kranken an sich zieht. Man erlaubt ihnen bloß nur, über die Theorie zu räsoniren, die nichts einbringt; nur am Einfahrt der Mine läßt man sie landen. Man gestattet ihnen, die Arbeiten, wenn sie es können, aufzuklären; aber das Graben darinnen, das allein nur Gewinnst trägt, ist ihnen gänzlich untersagt.

Zwölftes Kapitel.

Dialog zwischen einem Mandarin, und dem Herrn Baron von Donnerstrunkshausen, über den Gebrauch des Quecksilbers in dem Falle, von dem die Rede ist.

Das Metal, von dem so eben die Rede war, ist unstreitig der einzige Damm, den man den Einbrüchen der Kakomonade mit Nutzen entgegen setzen kann. Es begnügt sich sogar nicht damit, daß es ihre weitern Umsichgriffe hemmt, sondern es dringt bis zu ihrer Quelle ein. Es greift sie an, drängt, und entwurzelt sie. Deßwegen ist es auch bei weitem dem Golde vorzuziehn, das nicht allein die Krankheiten nicht heilt, sondern im Gegentheile die Leichtigkeit vermehret, sie alle an sich zu bringen.

Wenn man die Augen auf den folgenden kurzen Dialog wirft, wird man einen Begriff sowohl von seiner Wirksamkeit, als von den verschiedenen Arten, es zu zubereiten, und von ihren Folgen haben. Zween Männer führen das Gespräch. Der Eine davon ist eine von den litterarischen Magistratspersonen, die man in China Kolaos nennt, und die sich die Europäer, ohne davon den zureichenden Grund zu wissen, beifallen ließen, Mandarine zu nennen. Der zweite ist der Sohn meines nochgeehrten Herrn, des Herrn Baron von Donnerstrunkshausen. Ich hatte das Vergnügen, ihn zu Peking wieder anzutreffen, im Jahre unser Heils 1761. Er fieng da an zu Würden zu steigen. Er hatte mit einem Mandarin vom dritten Range folgende Unterredung gepflogen, und die Güte, sie mir mitzutheilen.

Der Mandarin. — Guten Tag, Eure Hochwürden. Ich ließ mich in meiner lakirten, unausgezierten Sänfte hieherbringen. Ich habe nur bloß dreißig Reuter bei mir, und achtzehn Tambours. Haben Sie mich entschuldigt darüber, ich wünschte Sie inkognito zu sehen.

Der Baron. Wären wir wohl so glücklich, Eurer Excellenz dienen zu können?

Mandarin. Ja, Sie können mir einen großen Gefallen thun.

Baron. Wollten Dieselben in der pneumatischen Maschine eine Katze den Geist aufgeben, oder mit der elektrischen Nadel den Donner ableiten sehn?

Mandarin. Nein, das führte mich nicht her.

Baron. Wollten Dieselben einiger Ballen roher Seide, einiges alten Porzellan los werden, und sie nach Europa schicken? Es ist hohe Zeit, Eure Excellenz; ich möchte es rathen. Sie werden bald im Preise fallen, seit dem erfahrne Chimisten dieses Geheimniß entdecket haben.

Mandarin. Das kümmert mich gar nicht.

Baron. Wollten Sie etwa zur Beichte gehn, und auf die Fürbitte des heiligen Ignazius von Lojola, des seligen Franziskus Regis, des großen heiligen Franziskus von Gonzaga, der sich eine feuchte Leinwand auf die Brust legte, damit ihm von der Liebe Gottes sein Herz nicht in Flammen gerieth, Verzeihung Ihrer Sünden erhalten?

Mandarin. Ei mein! Von all dem will ich nichts. Sie sollen mich bloß nur lehren, was für eines Geheimnisses Sie in den andern Ländern sich bedienen, wenn Sie die — — — haben.

Baron. Ach! ach! Eure Excellenz — Wir! — Die? — — — Pfuy doch! —

Mandarin. Meiner Treue, Eure Hochwürden, ich habe sie, ich, — wie ich mit Ihnen rede. Nichts desto weniger habe ich alle meine Prüfungen mit Ehren bestanden. Ich ward bei dem grossen Konkurse im ersten Jahre der Regierung Fontchins aufgenommen. Ich führe den Pinsel so gut als Einer im Kaiserthume: der Schönheit meiner Schrift bin ich meine Stelle schuldig, und doch habe ich die — — — Warum sollten nicht auch sie sie zuweilen haben?

Baron. Aber Eure Excellenz vergessen, was für ein Kleid ich zu tragen die Ehre habe. Man hat uns wohl in einigen Orten vorgeworfen, daß wir dem Menschen viele Uibel zufügen; aber eines zu vertrauten Umganges mit den Frauenzimmern hat man uns nie geziehen.

Mandarin. Bei, meiner Seele! desto besser für sie! Daß ich nicht auch immer so klug war! So fände ich mich nicht in der Verlegenheit, die mir itzt die Ehre Ihrer Gegenwart verschaffet. Auf dem letzten Schiffe, das Ihnen Purpurtücher, Rosenkränze, Uhren, und Orgeln brachte, fand sich ein sehr schönes Frauenzimmer. Haben Sie nicht von ihr reden gehört?

Baron. Kein Wort. Wir kümmern uns um so Neuigkeiten nicht. Es maskirt sich der Teufel, Eure Excellenz, in dergleichen Gesichter.

Mandarin. Mag seyn, aber da ist er trefflich verkappt. In dem Augenblicke der Ausschiffung befand ich mich eben am Borde. Ich sah dieses Frauenzimmer aus der Chalouppe steigen. Sie hatte so ein schön Stümpfnäschen! Ihre Augenlieder schloß sie mit so viel Anmuth! Ihr Mund war so schön gespalten, zog sich so angenehm durchschnitten von einem Ohre zum andern! Und einen Fuß, einen Fuß, Eure Hochwürden! — Mein Daumen hätte ihren ganzen Pantoffel ausgefüllt. Ich zweifle, ob man vom Flusse der Unmöglichkeit an, bis zum Flusse der Vergessenheit, je etwas schöners gesehen habe.

Baron. Dennoch geht der Raum zwischen diesen beiden Flüssen ziemlich in die Länge.

Mandarin. Macht nichts. Wie ich diesen kleinen Fuß sah, bewunderte ich die Oekonomie der Natur. Welche Wonnen, sagte ich bei mir selbst, wenn an allen Theilen die Verhältnisse genau beobachtet sind!

Ich wurde bald gewahr, daß die Natur dem Falle unterworfen sey, sich zu vergessen, und ich wollte wünschen, ich hätte außer über diesen Punkt, keine Erfahrung gemacht. Die schöne Fremde wurde von einem Bootsknechte gehohnneckt. So bald sie wußte, ich sey der Gouverneur, bath sie mich um Rache. Ich schlug ihr Bedingnisse vor; sie nahm sie an. Ich ließ den Bootsknecht abstrafen. Ich hielt mich für den glücklichsten Menschen. Der arme Teufel hatte die P — — —, und ich, geistlicher Vater, ich bekam noch viel was ärgers.

Baron. Gott straft Eure Excellenz. Er will nicht, daß man sich gegen das Weibsvolk zu gefällig erzeige. Er hat gesagt: Non moechaberis, und Sie leiden billig — —

Mandarin. Ich weis nicht, geistlicher Herr, ob es Gott ist, der mich krank gemacht hat; aber das seh ich wohl, daß Menschen mich gesund machen müssen. Unsere Aerzte wollen mich nicht annehmen; man sagt, Sie seyn sehr geschickt; Sind Sie es bis auf den Grad, daß Sie mir ein Mittel hierinn verrathen können? Ich nehme Ihnen sechs und dreißig Dutzend Rosenkränze ab, und gebe Ihnen hundert Pfunde Thee Peko, der noch nicht gesotten worden seyn soll.

Baron. Gut, wollen sehn. Ob wir gleich den Krankheiten wenig unterworfen sind, so haben wir doch immer allerhand Mittel bei uns, so, wie eine Menge anderer Dinge, die wir für uns nicht brauchen, sondern nur andern zukommen lassen. Hier kommts nur darauf an, daß wir eine Heilungsart wählen.

Mandarin. Mir scheint aber, es wäre die bekannteste, und beste anzunehmen.

Baron. Das ist bald gesagt; aber halten Sie die Wahl für eben so leicht! Von allen Arten, die ich kenne, ist keine einzige, die nicht durch große Namen, durch starke Beispiele, und durch schöne Schlüsse unterstützt, und bestritten wäre.

Mandarin. Die Namen, und Schlüsse sind nichts. Man muß sich nur an die Beispiele halten.

Baron. Ja in China. Aber es giebt Länder, wo man ganz anders denkt. Wenn etwas nur halbwegs nützlich scheint, so fragt man sogleich, von wenn das herrühre. Daraus zieht man denn in der Folge durch eine Kette von Schlüssen den Beweis, daß es böse sey; Und giebt man dessen Güte zu, so geschieht es immer so spät, als möglich. — Nun, nach welcher Art wollen Sie sich behandeln lassen? Durch Frikzionen?

Mandarin. Was verstehn Sie dadurch?

Baron. Ich nehme ein wenig von jener Salbe, die man das Neapolitanum nennt. Sie besteht aus Fette, und Merkurius. Damit reibe ich Ihnen alle Tage einen gewissen Theil des Leibes. Nach vierzig Tagen werden sie sich mit einer ölichten Rinde überzogen finden, von der Ferse an bis über die Achsel, und vom Schulterbeine bis an die Fingerspitzen. Sie werden fett, stinkend, sich selbst unerträglich seyn.

Mandarin. Aber doch endlich genesen?

Baron. Man darf es hoffen.

Mandarin. Ist keine Inkonvenienz dabei zu fürchten?

Baron. Sie vergeben. Ihr Kopf wird ungeheuer anschwellen; ihre Zähne werden locker werden, und vielleicht ausfallen. Ihr Zahnfleisch und die Gurgel werden voll Geschwäre seyn. Sie werden eine schreckliche Menge Speichel von sich geben. Sie können dabei um ein Aug, um einen Arm, um ein Bein, oder um das Zäpfleinkommen, wie der höchstheilige König F — — E — — glorreichen Andenkens, und viele andere, die, bei weniger Ruhm, kein besseres Glück genossen.

Mandarin. Lieber Pater! Ich bedanke mich für die Frikzionen.

Baron. Man könnte sie mäßigen, und sie ihnen nur verlöschend beibringen. Man müßte Sie immer frottiren, aber sparsamer. Sie müßten mir manchmal Milch nehmen, um die Wirkung des Merkurs, wenn sie zu stark wäre, aufzuhalten. Sie werden weniger, spucken, weniger geschwellen, weniger stinken. Dieß ist bequemer.

Mandarin. In eine Gefahr dabei?

Baron. Die größte wäre, daß Sie nicht gesund würden.

Mandarin. Oh! oh!

Baron. Ohne Widerspruch. Je sanfter die Arztnei seyn wird, desto weniger wird sie wirken. Die wohlthätigen Kügelchen werden in die vom Gifte schwangern Theile nicht so tief eindringen können. Dieses darf nur ein wenig überflüssig seyn, so wird genug davon zurücke bleiben, um Sie bald noch ärger zuzurichten, als Sie es sind. Fünf oder sechs Jahre nach einigen leichten Tagen werden Sie sich neuerdings krank befinden, wie ein sehr geschickter Professor der Beredtsamkeit an der Universität zu Paris sich irgendwo ausdrückt.

Mandarin. Das ist traurig! Ach, mein Freund! wer hätte dieß bei dem Anblicke eines so kleinen Fusses gesagt?

Baron. Reden Sie von ihm nichts Böses: nicht er wars, der Sie verwundet hat. — Uibrigens verzweifeln sie nicht. Sie könnten auch versuchen, sich zu räuchern.

Mandarin. Wie geschieht dieß?

Baron. Sie müßten sich ganz nackt in eine Schachtel von Tannenholz setzen, die wohl verschlossen würde, und wo Ihnen nur der Kopf heraus stünde. Unter das Gesäß würde Ihnen eine Glutpfanne mit lebendigen Kohlen und Merkurius darauf gesetzt. Diese durch das Feuer volatilisirte, und durch die Maschine, und einen sie überdeckenden großen Mantel rund um Sie zurückgehaltene Flüssigkeit würde Ihnen nach und nach in die Poros eindringen. Sie würden sehr schwitzen, und vielleicht würden Sie sich endlich geheilet finden. Man weis Leute, denen diese Methode zu Statten kam.

Mandarin. Mir behagt sie nicht. — — Aber es ist doch sonderbar: Sie sind so ein geschickter Mann, und alle Ihre Geheimnisse laufen darauf hinaus, Einem den Kopf geschwollen zu machen, oder nur eine ungewisse Genesung zu verschaffen, oder eine Glutpfanne unter den Arsch zu setzen.

Baron. Halten Sie, ich bin noch nicht fertig. Man könnte Ihnen Panaces, und verschiedene Mineralien brauchen; man könnte Ihnen einen aufgelösten Merkur, oder Gold- und Silbertinkturen geben. Dieß alles habe ich nicht: aber unser Bruder Apotheker wird Ihnen die Sache machen, wenn Sie wollen.

Mandarin. Ei zum Plunder lassen Sie das, was man thun könnte, bei Seite, und sagen Sie mir, was ich thun soll.

Baron. Wollen Sie sich mir vertrauen? Sie sehen dieses kleine rothe Schächtelchen; an Ihrer Stelle würde ich mich an dieses halten.

Mandarin. Es sind eine Menge graue Kügelchen darinnen. Wie heißen Sie die?

Baron. In Europa nennt man sie Kaiserpillen. Herr Kaiser ist ein deutscher Praktikus, und mein Landsmann, der eine ganz neue Komposition gegen die Krankheit, über die Sie sich beklagen, erfunden hat. Glauben Sie mir, und brauchen Sie sein Rezept. Ich will Ihnen dazu die Anleitung geben, und Sie werden sicher genesen.

Mandarin. Sind Sie dessen auch gewiß?

Baron. So gewiß, daß ich die hundert Pfunde Thee nur erst nach Ihrer Herstellung verlange.

Mandarin. Ich verlasse mich auf Ihr Wort. Ich will mich an die rothen Schächtelchen halten.
Wohlan, ich will meine Kur auf der Stelle anfangen. Sie haben von meiner Erkenntlichkeit Alles
zu erwarten.

Dreizehntes Kapitel.

Erstaunliche Progressen der Kakomonade. Mittel, sich ihrer zu entledigen.

Man hat hier oben gesehen, daß die Gesellen Seiner Hochwürden des Herrn Baron von Donnerstrunkshausen, das Geheimniß und den Namen des Herrn Kaiser mit dem Blitzpulver, den Agnus Dei, und den Bataverthränen bis in China brachten. Man hörte ihn in wenig Worten diesen so berufenen Pillen ihre Lobrede halten, und seinem Proseliten ihren Gebrauch anempfehlen. Dieß scheint ein Bißchen demjenigen zu widersprechen, was wir im zehnten Kapitel sagten. Da findet man, daß alle ersonnenen Hilfsmittel sehr wenig ergiebig, und unzureichend seyn.

Allein wir sprachen von ihrer Unzureichlichkeit in Rücksicht des Menschengeschlechts im Allgemeinen, in Rücksicht der Totalität der Zufälle, die sie im Allgemeinen, und nicht im Bezuge auf jedes einzle Individuum, zu fürchten haben. Gewiß ists, daß man so glücklich war, die Partikuliers wieder herzustellen. Man wäscht sie von dem Unrath, den sie unvorsichtig an sich gezogen haben, ab; man nimmt ihnen, was sie bekamen; man giebt ihnen wieder, was sie verloren, sogar die Unschuld beinah, die, gleich der Gelegenheit, nur von vorne behaaret ist, und die man, wenn man sie einmal entwischen ließ, nicht mehr erhaschet.

Aber das menschliche Geschlecht wird darum nicht weniger angegriffen. Die Kakomonade, der Hyder in der Fabel gleich, verlor kaum einen Kopf, als sie dafür schon andre zehn erhält. Unterdessen, als hundert Kranke sich bemühen, ihrer los zu werden, so suchen sie tausend begierig auf, so, daß, trotz den Fluthen von Quecksilber, mit denen man Europa überschwemmt, die Nothwendigkeit seines Gebrauchs mit jedem Tage dringender, und empfindlicher wird. Man wird nie so glücklich seyn, sich davon zu befreien, außer das Ungeheuer, das uns das Eingeweid auffrißt, wird mit Einem Streiche zermalmet. Sie ist, wie wir sagten, eine Hyder, die sich eben durch ihren Verlust vervielfältigt. Um sie auszurotten, muß man mit einemmale alle ihre Köpfe abhauen. Um sie zu hindern, nachzuwachsen, muß man auf der Stelle Schwert und Feuer dagegen brauchen.

Die Regierungen werden, so bald sie das Herz haben werden, es zu wollen, Herkulesse werden, im Stande, diese heroische, und heilsame Operation auszuführen. Hierzu wird es von ihrer Seite nur darauf ankommen, Vorsichten, die man für diesen Gegenstand schon lange getroffen hat, und die durch die Einstimmigkeit der alten Völker in viel minder wichtigen Gelegenheiten autorisirt worden sind, wieder zu erneuern und vorzüglich auf ihre Ausführung zu wachen.

Die Aussätzigen bei den Juden waren aus dem Umkreise der Städte verbannt. Todesgefahr drohete denjenigen, die es wagten, sich hinein zu begeben. Man nahm ihnen die Verwaltung der Geschäfte ab. Man sonderte sie von der menschlichen Gesellschaft aus; und ob es gleich ein Vorzug ihres Staates war, das Band der Ehe, wie mans gesehen hat, fester zu knüpfen, so foderte man doch, daß sie ihre Gaben, und ihr Jücken weiter tragen sollen.

Diese weise Politik ward in der Folge in allen Ländern, denen ihre Erhaltung nahe gieng, nachgeahmet. Selbst in Frankreich gebrauchte man sich ihrer Anfangs gegen den Aussatz, als es diesem gefiel, von den Gestaden des todten an die des mittelländischen Meeres zu übersiedeln, und er sich vom Jordan an die Seine begeben hatte. Man dachte ihrer auch in der Folge bei der ersten Ausschiffung seiner Nebenbuhlerinn aus Amerika. Die unermüdlichen Obrigkeiten, welche für die Ruhe, und Sicherheit der Bewohner von Paris Sorge tragen, ließen gegen dieses Erzeugniß von St. Domingo die strengsten Verordnungen ergehn. Sie verbothen die Uibermachung desselben in das Innere der Stadt, und suchten die schleunige Ausfuhr damit zu erleichtern. Vor dem Jahre 1498. findet man Polizeiverordnungen, die diesen Gegenstand zum Ziele haben.

Sie gebieten allen Personen, welche eines Verständnisses mit der Prinzessin von Amerika verdächtig sind, jedermann, wer es immer sey, der sich durch ihre Listen überraschen ließ, binnen vier und zwanzig Stunden Paris zu verlassen bei Strafe des Strangs. Man berichtet, daß sich bei dem Thore, bei welchen ihnen geboten wäre, hinauszugehn, Austheiler finden werden mit dem Auftrage, Jedermann vier Pariser Sols zu reichen, um sie wegen der Reisekosten zu entschädigen. Selbst die Reichen, und die Eingebornen des Lands werden von den Strassen ausgeschlossen unter der Strafe, wenn sie betreten würden, in den Fluß geworfen zu werden. Man sperrt sie, wenn sie Häuser haben, darinnen, und wenn sie keine Häuser haben, in öffentlichen, zu diesem Gebrauche bestimmten Gebäuden ein. Man übernimmt die Last, sie mit Lebensmitteln, und mit allem Beistande zu versehen, den ihr Zustand fordert, bis sie das Joch der Feindinn abgeschworen haben, und sich in einem Stande befinden, in der Gesellschaft auftreten zu können, ohne zu erröthen, oder ihr Unruhe zu machen.

Das sind die Verordnungen, die man, doch mit einigen Modifikazionen, wieder in den Schwang zu bringen eilen muß. Es ist sehr wohl gethan, daß man alle jene, die, nach einer bestimmten, zu den Reinigungen einberaumten Zeitfrist, mit Unreinigkeit zu erscheinen wagen werden, mit dem Strange bestraft. Aber genug wär es nicht, wenn man ihnen vier Parisersols zu ihrer Reise geben wollte. Alles, was man damit gewinnen würde, wäre, daß sie die Kakomonade Jeder in seinem Lande zu pflanzen abgeschickt würden. Sie würde sich da vervielfältigen, wenn das Land ihrer Verbreitung nur ein wenig günstig wäre. Die Früchte davon würde man sehr bald in einem Schwalle gegen die Hauptstadt zurückfließen sehn.

Es ist also nicht damit gethan, daß man die Unterthanen der Fremden ausjagt. Man thut viel sicherer, und viel vernünftiger, wenn man sie dieser lästigen Unterthänigkeit entreißt. Man muß ihnen Freistätten eröffnen, wo sie sich ohne Zwang in Freiheit sehen können, und wo die Leichtigkeit, ihre Bande zu zerbrechen, in ihnen hierzu das Verlangen erwecket. Man muß in jeder Stadt, oder in, jedem Flecken, einen beträchtlichen Ort, ein Haus errichten, wo jeder Büsser, er sey wer er wolle, aufgenommen, und zur Busse zugelassen werden könne. Man muß da die Freiheit haben, zu zahlen, oder nicht zu zahlen, bekannt, oder unbekannt zu bleiben. Man muß den Eintritt darein allen Leuten, von allen Altern und Ständen, sogar in Masken, wenn sich solche darstellen, gestatten. Da es im Wesentlichen nicht das Gesicht ist, das der Hilfe bedarf, so erhellet, daß die Krankenwärter, um denen, die ihren Beistand suchen, zu helfen, ihre Gesichter nicht zu kennen brauchen.

Vierzehntes Kapitel.

Antwort auf einige Einwürfe, die man gegen die Mittel, die Kakomonade zu unterdrücken, machen könnte.

Ohne Zweifel wird man gegen diese Einrichtung Lärmen erheben. Man wird sagen, zu einer Zeit, wo der Staat kein Gold hat, um seine Bedürfnisse zu bestreiten, könnte er für diese seine Glieder unmöglich so das Quecksilber verschwenden. Die so reden möchten, wären wohl ziemlich grausame Politiker, oder Räsonneurs, die von der ächten Oekonomie ziemlich schlecht unterrichtet wären.

Wenn zu Marseille die Pest wäre, würde wohl die Dürftigkeit des Staats hindern, Trouppen marschiren zu lassen? Würde man kein Geld finden, das man dahin senden könnte, entweder der Stadt zu Hilfe zu kommen, oder die Gemeinschaft mit ihr abzuschneiden? Nun ist die Kakomonade aber wirklich noch viel schlimmer, als die Pest.

Diese greift nur das gegenwärtige Geschlecht an; jene vernichtet, oder entächtet wenigstens fast immer sich auch die zukünftigen Geschlechter. Die Eine nimmt einen schrecklichen Anfang; die Klugheit kann sich davor verwahren; man hat gewisse Vorsichten, um sie abzuhalten. Die andere ist immer vom Vergnügen begleitet; sie macht ihren Anfang mit der Verblendung der Klugheit, und ihr Ende mit ihrem Untergange. Sie hat also viel mehr Leichtigkeit, sich auszubreiten. Sie zieht viel traurigere Folgen nach sich. Sie heischt daher von den Regierungen eine viel größere Sorgfalt.

Diese Sorgfalt würde eben nicht so kostspielig seyn, als man sich einbildet. Erstlich hat man die Aussätzigenhäuser der Alten, von denen man die Stiftungen, und das Bauwerk zu diesem nützlichen Gegenstande annehmen könnte. Dieß hieße den Sinn der Stifter befolgen. Die Kakomonade hat die Stelle des Aussatzes angenommen. Sie muß die Früchte dieses reichen Nachlasses beziehen. Man kann ihr ihre Ansprüche nicht streitig machen.

Uiberdieß, wer zweifelt, daß bei dem ersten Gerüchte von diesem Vorschlage nicht das allgemeine Mitleid erwachen werde? Wie viele Fürsten der Kirche, wie viele wachsame Hirten, würden sich mit einem uneigennützigen Eifer bestreben, eine Zufluchtsstätte gegen Uibel zu schaffen, worunter sie leiden, sobald ihre Schäflein davon angegriffen sind? Wie viele andächtige Schwestern würden nicht ihrem Beispiele folgen! Mit welcher Beredtsamkeit würden nicht die Direktoren die Nothwendigkeit predigen, Einrichtungen zu vervielfältigen, die bestimmt sind, Schwachheiten zu verbergen, oder die Kraft wieder in den Stand zu setzen, ohne Gefahr ihres Gleichen hervorzubringen! Gewiß ists, diese Zufluchtsörter würden in kurzer Zeit, so wie die volkreichsten, auch die begütertsten Häuser im ganzen Königreiche seyn. Sie würden bald der bequemste Stappelort seyn, um das Joch der Kakomonade abzulegen, so wie L — — — bisher der sicherste gewesen ist, sich dasselbe aufzubürden.

Die Leichtigkeit des ersten Verfahrens würde die Weigerung, sich dahin zu verstehen zum Verbrechen machen. Die Gerechtigkeit würde nur nach aller Billigkeit handeln, wenn sie gegen jene, die davon überwiesen wären, die Todesstrafe verhängte. Unterdessen giebt es zarte Herzen, bei denen die Sanftmuth in Schwachheit übergeht. Sie werden sich über diese strenge Verordnung entrüsten, sie werden zwischen der Strafe und dem Verbrechen kein Verhältniß sehen.

Es ist so süß, so natürlich, werden sie sagen, die Gefahren zu wagen, derer Folge sie ist. Sollt es gerecht seyn, den Irrthum eines Augenblicks mit einer so schmählichen Züchtigung zu ahnden? Sollte man sich entschließen können, gegen ein vernünftiges Wesen den Tod zu verhängen, weil es seines Lebens nicht ordentlich genoß? Was man ihnen antworten könnte, ist dieses.

Ich gebe Ihnen zu, meine Herrn! mein Rath mag strenge scheinen. Aber untersuchen Sie, was unter Ihren Augen vorgeht. Wer sind jene Armseligen, die sie dort mitden rothen Kappen auf den Galeeren sehn? Wer sind jene, derer Hinrichtung so viel Volks auf den freyen Platz spornt?

Unter ihnen befinden sich Leute, die Schwärzer, Betrüger waren. Das Gesetz waffnet sich mit einer unbeugsamen Schärfe, und verurtheilt sie ohne Barmherzigkeit!

Nun ich bitte Sie, giebt es wohl eine schrecklichere Schwärzerei, als die Kakomonade? Kann man die Einführung ihrer Geschenke mit der Einführung eines Holländertobaks oder Spaniols in Vergleichung ziehen? Die Kutzenelle, so roth sie ist, kann sie die Vergleichung mit gewissen Purpurknöpfchen ertragen, welche die Ehrbarkeit nicht nennen läßt.

Wenn Sie ohne Anstand arme Leute, die Ihnen für wohlfeilen Preis weis nicht welch braunen, gelben, oder feuerfarbenen Staub brachten, rudern lassen, hängen undrädern; was sind Sie wohl denen schuldig, welche sich erdreusten, die Quelle der Vergnügungen zu vergiften? Was werden Sie jenen Frevlern nicht anthun, die es wagen, in das Heiligthum der Wohllust Betrübnis, und Thränen in die Wohnung der Freude zu bringen?

Die aufgeklärte Menschheit gebietet ohne Zweifel ihre Bestrafung zum Wohle der leidenden Menschheit. Man muß alle ohne zu schwanken eine bestimmte Zeit festsetzen, nach welcher Niemand mehr angenommen werde, der sich angiebt, mit einem Ungemache behaftet zu seyn, wovon er sich wird haben entledigen können. Man muß die Kakomonade wie eine ausländische Waare ansehen, und die, bei denen sie gefunden wird, ohne Barmherzigkeit konfisziren.

Fünfzehntes Kapitel.

Nöthige Vorsichten gegen die Wiederkunft der Kakomonade, und Schluß des Werks.

Aber auch damit wär es nicht gethan, daß man die verdächtigen Wirkungen hemmte. Man müßte auch Vorkehrungen treffen, ihren Eingang zu verhindern. Man müßte Amtsstuben, Gerichtsdiener, und Wächter haben, die über Paquette, wo diese traurige Gattung Kontrebandwaaren sich verbergen läßt, zu wachen hätten; und für dieß habe ich gesorgt.

Der durch seine große Nase berufene Kaiser Heliogabal oder Elagabal, sagt man, habe einen Frauenzimmersenat errichtet. Diese erlauchte Gesellschaft hatte über alle weiblichen Angelegenheiten zu richten. Vor ihr brachte man all die kleinen Zänkereien, die häuslichen Klätschereien, die Uiberwerfungen der Verliebten an. Sie gab auch den Ausschlag über die Moden, den Haarputz, und den Anzug von allen Arten. Diese Politik, wünschte ich, sollte man in Paris, in ganz Frankreich, ja sogar in ganz Europa nachahmen können.

Uiberall hat man da einen Haufen Wachen aufgestellt, um für die Vortheile der Pächter die Aufsicht zu tragen. Man erblicket Ketten von Aufsehern, die sich von allen Seiten die Hände reichen, am die Betrüger hindann zu halten, und ihre Schlauigkeit zu überlisten. Es besteht das innigste Band unter den Rotten, welche die Grenzen und die reichen Gesellschaften beschützen, die im Mittelpunkte die Früchte ihrer Sorgen ärnten. Könnte man diese Polizei nicht auch bei der Einrichtung, von der hier die Rede ist, sich zum Muster nehmen?

Man bildete in den Hauptstädten Büreaux von einer Anzahl unterrichteter Mädchen, die im * * * sich Erfahrungen gesammelt hätten. Sie wären weder die drei Grazien, noch die neun Musen. So könnte man sie aus vierzig, wie die Academie Française, oder aus sechzig, wie die allgemeine Pachtung, zusammensetzen. Den Eintritt dazu hätten nur die besten Erfahrungen. Die Geübtesten in den Geschäften des Magazins, die Vertrautesten mit den Kennzeichen des Betrugs, und also die bei allem Scharfsinne der Schleichhändler Geschicktesten, sie zu entdecken.

Nach Art dieses Hauptamts bildete man sonderheitliche in den Städten der Provinz, und auf allen Strassen; welches zwischen dem Haupte und den Gliedern eine eben so nützliche als lehrreiche Korrespondenz unterhalten würde. Diese fruchtbaren Versammlungen hielten alle Tage des Morgens und Abends ihre Sitzungen. Jeder Fremde, der an der Gränze ankommt, wäre gehalten, da seinen Ausweis zu machen.

Hier würde er ohne Schonung untersuchet. Man würde ihm nach seinem Zustande, einen Geleitsbrief ausfertigen, oder die verbotene Waare unter Siegel verzeichnen, damit man nicht eher davon Gebrauch machen könne, bis sie im Rekonwaleszentenhause, wohin sie abgegeben würde, ausgeräuchert wäre.

Von dieser Zeremonie wäre das schöne Geschlecht nicht ausgenommen. Anfangs würde sie lästig scheinen; man würde sich aber bald daran gewöhnen. Hat man sich doch gewöhnt, vor jedem Thore grobe, und manchmal treulose Hände ins Felleisen spazieren, alles darinn umkehren, und was da verschlossen war, oft unwiederbringlich verderben zu sehn. Es würde nicht lange brauchen, um sich zu gewöhnen, linke Hände zu fühlen, die eine lange Uibung abgerichtet hätte, noch dazu ihre Berührungen angenehm zu machen.

Es ist anzumerken, daß man durch eine solche Zusammensetzung eines Amtes von aufgeklärten, und dafür bekannten Frauenzimmern den Ungemächlichkeiten vorbeugen würde, die aus jeder andern Administrazion entstünden. Kein Frauenzimmer dürfte sich schämen, der Untersuchung von Personen ihres Geschlechts zu unterliegen; und man würde keine Mannsperson finden, die sich weigern möchte, sich vor den Augen eines von seiner Erfahrung so berufenen Tribunals zu produziren. Es fände sich also ganz keine Schwierigkeit. Die Schamhaftigkeit, und Gesundheit der beyden Geschlechte wäre dadurch in Sicherheit vor den Anstössigkeiten, die das eine kühn, oder das andere schüchtern machen könnten.

Das ist also der Entwurf meines Projektes. Ich unterziehe es den Einsichten der Politiker, die in unserm philosophischen Jahrhunderte so zahlreich geworden sind. Ich kann versichern, daß ich einzig das allgemeine Beste und das Wohl der ganzen Welt, die mein Vaterland geworden ist, zum Augenmerke hatte. Ich wünsche, daß er unter die Hände von Leuten komme, die an der gehörigen Stelle sitzen; wünsche, daß ihr persönliches Interesse sie bestimme, sich seiner anzunehmen, und dem allgemeinen Frommen Hand zu bieten.

Was Sie betrifft, mein Fräulein, wenn man ihn je annimmt, so wird man nie vergessen, daß es Ihr Namen war, unter welchem er zum erstenmal erschien. Ganz Paris wird Sie laut zur Annahme einer Stelle auffodern, deren Ihre Bemühungen sie schon so würdig machten. Mit einer unnennbaren Freude werde ich an der Spitze des erlauchten Senats, wovon ich den Plan entwarf, Sie glänzen sehn. Sie werden die Aufseherinn von den Waffen Zylherens, und die Wegweiserinn des Amors werden. Sie werden die Jugend lehren, ohne Gefahr auf dem stürmischen Ozean der Vergnügungen zu segeln, indem Sie ihr mit der Geschicklichkeit, die ihnen die Erfahrung giebt, das Steuerruder lenken. Sie werden ihr zeigen den Klippen auszuweichen, die Ihres Gleichen, wie ein großer Mann sagt, oft durch ihre Schiffbrüche bezeichnet haben.

Ein Brief als ein Supplement zu diesem Werke.

An M. L. A * * *.

Uiber die Ursachen, die zu der schrecklichen Vermehrung der Kakomonade beitragen.

Bisher, lieber Freund, hab ich nur gescherzet. Lachend schrieb ich die Geschichte von einer der größten Geißeln des menschlichen Geschlechtes. Es ist sehr seltsam, daß die Gewohnheit es nur den Aerzten erlaubt, davon ernsthaft zu reden, und daß, in der feineren Welt, die üble Laune nicht die Wirkung einer Ursache sein kann, die doch so sehr dazu gemacht ist, sie hervor zubringen.

Sehr zuverlässig ist dieß die Folge jenes seltsamen Durcheinanders, den man in unsern Sitten und Gewohnheiten wahrnimmt. Sobald Jemanden das Fieber befällt, sobald er schlecht geschlafen hat, oder einen Abend nicht mit der gewöhnlichen Leichtigkeit ausspuckt; gleich sind mit dem nächsten Morgen die Bedienten von allen vier Winden in Bewegung; sein Thürepocher kommt nimmer zur Ruhe, und sein Portier hat nicht Worte genug, für all die höflichen Bothen, die aus ganz Paris ihn zu fragen kommen, wie der Herr diese Nacht sich befunden habe.

Ward nun aber der nämliche Mensch das Spiel einer jungen Spitzbübinn, — und ach! wie viel giebt es ihrer! — Bleiben ihm nagende Erinnerungen eines zärtlichen Rendezvous; sieht er sich bei dem Abschiede aus den Armen der Venus gezwungen, einen Gott um Hilfe zu flehen, der bei den Alten die Gnaden der Göttinn austheilte, der aber bei uns zu nichts weiter dient, als sie uns aus dem Gedächtnisse zu bringen; da sieht man ihn ohne alle Unruhe erbleichen, abzehren, und versiechen. Er muß die Sorgfalt, die er für seine Gesundheit trägt, verbergen, gerade als ob es eine böse Handlung wäre; und wenn irgend ein besonderer Freund ihn von Zeit zu Zeit befragt, so geschieht dieß immer mit einem spöttischen Mitleid, das ihn noch mehr demüthigt, als selbst sein Zustand.

Ja, wird man sagen, das ist eine Frucht der Ausgelassenheit. Die Schande ist ein heilsamer Wermuth, den die Wohlanständigkeit in dieselbe gießt, um sie den Unvorsichtigen, die versucht werden, sie zu pflücken, zu verleiden. Dieser scheinbare Widerspruch ist ein Zug der Weisheit. Man hat große Ursache, Krankheiten, die eine unzertrennliche Folge der Schwachheiten der Natur sind, zu bemitleiden; aber auch nur Verachtung gegen diejenigen blicken zu lassen, die einen Mißbrauch ihrer Gutthaten verkünden.

Ach! lassen Sie uns, mein lieber Freund, diesem Gegenstande nicht ins Innre dringen. Diese Frucht ist eine Geburt der Ausgelassenheit, ich wills glauben, aber sie muß dem Hundszahne gleichen, und überall ohne Unterschied wachsen, wie dieses Kraut, in einem bösen Erdreich sowohl, als in einem guten. Man ärntet sie an so vielen Orten, die das Wappen der Tugend führen, daß man wahrhaftig auf nichts schwören darf; und vorzüglich an derlei Plätzen sind die Schilde betrügerisch. La Fontaine sagte:
Unterm Jungfern-Unterröckchen kann
    Eben so viel Schönheit wohnen,
Als so mancher gute Ehemann
    Findet unterm Hemde bei Madonnen.
Aber gestehn Sie es nur ein, daß es, wenigstens in unsern Tagen, nicht die Schönheit allein ist, die da allenthalben so gleich ausgetheilt wohnt; und daß die Ungemächlichkeiten, die sie furchtbar machen, mit nicht weniger Gleichheit ausgetheilet sind.

Doch, das befremdet mich nicht, sondern, worüber ich mich wundere, was ich nicht begreife, ist die Sicherheit, mit welcher wir mitten unter so vielen Gefahren leben. Offenbar sehn wir die Kakomonade mit den nämlichen Augen an, wie die angesteckten Dünste zu Paris, die man daüberall einathmet, und an die man sich, trotz ihrer Anpestung, gewöhnet: allein zwischen ihnen beiden herrscht ein himmelweiter Unterschied.

Wenigstens trägt die Polizei doch einige Sorge, um das letztere zu mindern: Man kehrt die Gassen: man schafft den Mist weg; die Arbeit eines Tages macht das verschwinden, was die Verzehrung eines Tages von Unreinigkeiten hinterlassen hat. Aber ists mit dem andern Gegenstande auch so? Leider! nein. In Rücksicht desselben trägt man entweder gar keine Sorge, oder die, die man dafür hat, ist so schwach, daß sie, anstatt dem Uibel abzuhelfen, nicht einmal im Stande ist, seinen weitern Umsichgriffen Einhalt zu thun.

Unterdessen ist es hohe Zeit, daß die Regierungen aus der Lethargie, worinn sie über diesen Artikel zu liegen scheinen, erwachen. Mit welcher Ruhe sehn sie nicht das Uibel sich reißend um sie her verbreiten! Die Bevölkerung, von dieser Pest bis auf die Wurzeln angegriffen, verwelkt und vertrocknet. Man kann es merken, wie das menschliche Geschlecht an Anzahl und Stärke abnimmt, Uiberall findet man unzählige Menschen, mit denen es soweit kam, daß sie die traurigen Gedenkzeichen von den Graden ihrer Prüfung, die sie seit ihrer Kindheit gleich den Metallen durchwandelten, welche die Chemie, so bald sie aus dem Schmelztigel kommen, durch gewaltsame Operazionen entnaturt, ihr ganzes Leben hindurch behalten.

So lange die Krankheit nur in den Städten herumgieng, war diese Nachlässigkeit noch einiger Maaßen zu entschuldigen. Aufgeklärte Politiker konnten weniger davor erschrecken, so lange sie nur müssigen Güterbesitzern, oder unarbeitsamen Bürgern drohte. Vieleicht dürfte man sich noch itzt nicht sehr entrüsten, wenn sie sich inner die Mauern der Städte beschränkte, wenn sie sich begnügte, daselbst die Ausschweifungen einer herabgewürdigten Jugend, oder eines schwärmerischen Alters zu strafen. Sie griffe dann nur Menschen an, die dieses Namens nicht werth sind, und dieß wäre für das menschliche Geschlecht ein kleiner Verlust.

Aber zum Unglücke bindet sie sich hieran nicht; und fällt sehr oft in die Dörfer hinaus. Da greift sie unsern armen Stamm unter dem Strohdach an, das doch noch etwas seinen Adel, und seine Kraft erhält. Sie findet keine Schwierigkeit, sich da niederzulassen. Die Unwissenheit, und vor allen die Armuth erleichtern die Gefälligkeiten, durch die sie sich fortpflanzt, und verbannen hiemit die Mittel, die sie unterdrücken könnten.

Die Zeit ist vorbei, wo man das Land als den Freiort der Unschuld, als die Zufluchtsstätte schuldloser Ergötzungen ansehn konnte. Mit Rechte lobten unsre alten Dichter seine Schönheiten, und Annehmlichkeiten; sie rühmten die Sicherheit der Wälder, die es umgeben; das Grün der Matten, die es schmücken; die Klarheit der Gewässer, die es befeuchten, die Blüthe der Nymphen, die es verschönern. Die unsrigen sieht man so was nicht mehr thun.

Nicht, als ob wir nicht auch noch Wälder, Gewässer, Matten, und Nymphen hätten: aber bei uns ists keine Diana mehr, die in unsern Wäldern jaget; keine Venus mehr, die sich in unsern Bächen bespiegelt; keine Flora, die in ihrem Laufe auf dem Grase ausglitscht. Die Stelle dieser Göttinnen hat die Kakomonade eingenommen. Alles, was vormals diente, die Vergnügungen, zu umschleiern, und zu vergrößern, dient nun unter ihren Händen zu nichts mehr, als nur die Gelegenheiten zur Reue zu vermehren; und wenn noch ein kühner Faun es wagt, die Schäferinnen ins Gehölze zu verfolgen, so fühlt er sich bald mit einer ganz andern Wunde geschlagen, als wie sie Amors Pfeile schlugen.

Welche Macht könnte doch eine so traurige Metamorphose in Gegenden verursachen, die von dem Verderbnisse so entfernt sind? Wie kann da jenes der Schein der Tugend verhüllen, was anderswo nur die Folge der Ausgelassenheit ist? Wie geht es doch zu, daß oft die Simplizität selber denen gefährlich wird, die sich schmeicheln, sie zu mißbrauchen? Man kann hiervon drei sehr dunkle, aber sehr wirksame Ursachen angeben, welche die Hauptbeweggründe der Verwüstung sind, welche die Kakomonade auf dem Lande hervorbringt.

Die erste davon ist jene ungeheure Anzahl Kinder, die mit jedem Tage aus den großen Städten fortziehn, um sich auf viele Meilen in die Runde, auszubreiten. Sie begehren da von ihnen gemietheten Nährmüttern jenen Beistand, den ihnen die Eltern, von denen sie das Leben haben, versagen. Dieß ist oft ein Glück für sie. Sie würden das Leben, das sie erst empfiengen, bald verlieren, wenn man sie nicht hurtig aus dem angepesteten Schoosse entfernte, in welchem sie es schöpften: aber dieses Glück wird sehr traurig für den mitleidigen Schooß derjenigen, die sich würdigen, sie zu sich aufzunehmen.

Für die Milch, die sie daraus saugen, strömen sie das Gift darein, vor dem sie ihre Unschuld nicht retten konnte. Mit diesem Augenblicke wird die eheliche Zärtlichkeit ein Netz, worinn der Gatte sehr bald sich fängt. Er wird zum Zeitvertreibe mit einer Seuche behaftet, die er nicht fürchten konnte, da sie für ihn mitten in den Armen der Weisheit, und der Fruchtbarkeit entsproß. Wenn sich die Merkmaale davon sehen lassen, so hält die Schamhaftigkeit öfters ihre Entdeckung zurück, und fast immer steht die Dürftigkeit der Abhilfe derselben im Wege. Die Nothwendigkeit einer mühsamen Arbeit vermehret und verschlimmert die Symptomen derselben. Die Schwachheit, die die Einen mit sich bringen, macht, daß die Früchte der andern nicht hinreichen werden. Die Bedürfnisse vervielfältigen sich nach dem Maaße, nach welchem die Kräfte sich verlieren; endlich, wenn die armselige Familie eine Zeitlang in Elend und Verzweiflung geschmachtet hat, erwartet sie in irgend einem Siechenhause ihre Vernichtung.

Nicht ein Zug ist hier übertrieben, sondern es ist dieß ein sehr wahres, ein sehr lebhaftes Gemälde von dem, was sich alle Tage um uns herum zuträgt. Man findet keinen Dorfpriester, keinen Landjunker in den Provinzen, der nicht die Wahrheit davon erkennte. Dieß ist die Gestalt der ersten Quelle der Entvölkerung der Dörfer, welche die Krankheit, von der hier die Rede ist, verursacht.

Doch, es sind es nicht die Kinder in der Wiege allein, durch die sie sich da einschleicht. Auch jene parfümirten Puppen, jene fünf und zwanzigjährigen Greise, welche ein grausames Loos bei Zeiten reich, und zu müssigen Herren gemacht hat, müssen ihr mittelbar zu ihren Absichten dienen. Sie führen öfters die Langeweile, die sie aufzehrt, die Eckelhaftigkeit, die ihnen das Herz abdrückt, auf ihren Landgütern mit sich spazieren. Aus Furcht, sie möchten in diesem neuen Aufenthalte sich selbst gelassen sein, sind sie sehr besorgt, all den Prunk, und Firlefanz des Luxus, der sie in den Städten, aus denen sie sich flüchten, tödtet, mit sich dahin nachzuschleppen.

Ein zahlreicher Hofstaat, eine prächtige Equipage ist ihr Geleite bis in die Mitte der ländlichen Einfalt. Es gefällt ihnen, ihre groben, und verbordirten Bedienten, die sie schlecht bedienen, mitten unter demüthigen, und mit Kütteln angethanen Landleuten, die sich nur von ferne sie anzublicken, getrauen, glänzen zu sehn. Es ist ihnen lieb, in den Vorzimmern ihrer Lustschlösser mehr unnütze Thunichtse zu zählen, als sie arbeitsame Unterthanen auf dem Felde haben.

Dieses lächerliche Großthun, dieser unerträgliche Stolz wäre doch noch ein leidliches Uibel, wenn es nichts weiter schadete, als die Kleingeistigteit des Ortsherrn zu nähren. Aber was ihn erst wirklich schrecklich macht, ist dieß, daß er die Zügellosigkeit der Bedienten begünstigt, und die Folgen davon ins Unendliche vermehret. Die Kakomonade macht sie zu neuen Prometheussen, die sie mit ihrer Fackel bewaffnet; auf ihren Befehl ziehn sie aus, die Bildsäulen, womit das Land erfüllet ist, mit einer verderblichen Flamme zu beleben, die sie nicht von den Strahlen der Sonne entwendet haben.

Die drei Viertheile der Menschen, die sich bei uns zur Dienstbarkeit verschreiben, sind durch ihren Stand Müssiggänger, und aus Noth Hagestolze. Eine vollkommene Unabhänglichkeit ist das erste Bedingniß, welches der Luxus fordert, um sie zu den Würden der Livree zuzulassen, und er macht diese Forderung nur, um sie sich selbst zum Opfer zu bringen. Er will die Herrschaft über seine Unterthanen mit Niemandem theilen. Er macht Ansprüche über Sklaven zu gebieten, die außer ihm keinen Herrn haben sollen. Er meint sich hierdurch Unruhen zu ersparen. Er bildet sich ein, sich dadurch eines hurtigern Dienstes, einer genaueren Treue zu versichern.

Ich weis nicht, ob er es damit wohl macht; was ich gewiß weis, ist, daß dieser Haufen arbeitloser, einsamer Bedienten, überall, wo er sie nur zu finden glaubt, Gesellschaften aufsucht. Ihr Temperament treibt sie zu lebhaften Vergnügungen, und ihr Anzug bringt sie in Gesellschaften, wo ihnen diese leicht gemacht werden. Von dieser Seite der Wonnen des Ehestandes beraubt, von der andern zur Ausübung seiner Geschäffte eingeladen, überlassen sie sich einem Umgange, der ihnen seine Vergnügungen gewährt, ohne seine Beschwerden zu haben. In diesem schändlichen Mißbrauche der Kräfte der Natur folgen sie den Absichten, und oft dem Beispiele ihrer Herren.

Ihr gegenwärtiges Bedürfnis macht sie taub für die Folgen der Zukunft. Man weis, was man, von der Gattung Weibsleute, auf die sie sich beschränken müssen, zu erwarten hat, und in kurzer Seit erlangen sie die Erfahrung davon. Dadurch werden sie kecker, so, wie ein Mensch, dessen Kleid schon einmal durchnäßt ist, sich desto weniger gegen den Regen sperret. Die Kraft ihrer Jugend erhält sie eine Zeitlang. Die Schuldigkeit, vor der Herrschaft zu erscheinen, oder gar die Mittellosigkeit, wehrt es ihnen, auf ihre Heilung zu denken. Sie müssen ihrem Herrn überall, wo es seine Kaprize immer hin will, folgen, und man stellt sich auf seinen Wink, es mag um den Körper stehn, wie es wolle. So ist indessen der Trupp beschaffen, mit welchem der Reiche sich brüstet, auf seiner Herrschaft zu erscheinen, wenn er sich würdigt, sie mit seiner Gegenwart zu beehren.

Ist er nun einmal auf dem Dorfe, so sind seine Bedienten, in der Kleidung oft besser bestellt, als er, Leute von Wichtigkeit. Ihre Borden werden nun ein Ehrenzeichen. Sie behaupten unter diesen Leuten ohne Widerspruch den vornehmsten Rang, und ziehen alle Augen auf sich. Das Prächtige ihres Anzugs, ihr Bau, der Vorrang, den sie über die Landleute affektiren, unterwirft ihnen sehr bald die Mädchen auf dem Lande, die auf alles aufmerksam sind.

Und dann wehe der Tugend, die sich mit einem Bißchen Reiz, und Anmuth waffnet; wehe der Unschuld, welche die Jugend schmücket, und welche die Grazien dieses Alters vielmehr schwächen, als beschützen! Wie bald ist sie verführt, und vergiftet! Die ihrer genoß, — nichts bleibt der Unglücklichen, außer ein unaustilgbarer Jammer, und schändliche Schmerzen. Ihr Ende ist — sie bringt, oft ohne es selbst zu wissen, dem Hymen Blumen zu, die auf ihrem Erdreiche nicht wachsen sollten, und die die Liebe auf ewig verbannen, und es ist noch ein Glück; wenn sie der Versuchung nicht nachgiebt, in die Stadt zu ziehn, um mit den Reizen, die sie zu Grunde gerichtet haben, ein Gewerbe zu treiben, und die Folgen ihrer Schwachheit mit dem Publikum zu theilen!

So arbeiten denn ungeheure Armeen, unter der Uniforme der Sklaverei, daran, in den Schlund der Hauptstädte das Gift, das darinnen gähret, zurück zu gießen, und in diesem Geschäfte muß man ihnen noch eine andere Klasse von Sklaven beigesellen, die an sich selbst edler, obgleich in der Sache selbst sehr wenig in Betrachtung gezogen sind; jene Automaten muß man ihnen zugesellen, die mit zu dem Machwerk eines so genannten Regimentes gehören, und derer Ressorts, wenn sie einmal zugenommen haben, ihnen eine ziemliche Geschicklichkeit geben, eine gewisse Anzahl Bewegungen zu machen, die unter dem Namen Exercizien bekannt sind.

Diese, begabt mit der ausschließenden Befugniß, eine Flinte, oder eine Bajonette zu führen, haben noch in einem höheren Grade jene, überall die traurigen Geschenke, von denen wir sprechen, anzunehmen, und mitzutheilen Durch ihre Mitwirkung dringet sich die Kakomonade in die entlegensten Provinzen ein. Sie eröffnen ihr einen Weg in Gegenden, wohin selbst das Gold kaum einen Eingang findet.

Offenbar sind dieses Laster, die sie gegen das menschliche Geschlecht begehn; doch läßt es sich schwer entscheiden, ob sie dabei mehr strafbar, als unglücklich sind. Gewiß ists, daß der Ehestand für den Soldaten sich nicht schicke. Noch gewisser, daß der Zölibat ihm die Ausschweifung nothwendig macht. Nicht weniger gewiß ists, daß diese Ausschweifung für ihn, und für alle Länder, die er durchzieht, die schrecklichsten Folgen habe. Um sich davon zu überzeugen, darf man nur den Zustand der Plätze, wo Krieg ist, und ihre Gegenden umher betrachten.

Täglich schleicht sich da, trotz aller Wachen, die ihn beobachten, ein verkappter Feind hinein. Er herrscht da mit größerer Macht, als die Statthalter des Königs. Die Wachsamkeit derselben, ihn hindanzuhalten, ist unnütz. Er ist sogar mit den Offizieren, die man dahin beordern könnte, verstanden. Uiber dieß, wie wollte man junge Leute hindern, sich einem Gelüste zu ergeben, das der Müssigang, aus dem sie sich eine Ehre machen, bei ihnen genährt hat? Wie wollte man Begierden unterdrücken, die ein, lange Zeit, bezähmtes Temperament, oder die Gewohnheit der Ausschweifung wüthig gemacht hat? Weder die Bestrafung so einer Unglücklichen, die sie anpestet, noch die langwierigen Peinen, womit sie die Schwachheit eines Augenblicks abbüssen müssen, werden sie je vor dem Rückfalle bewahren. Ein Soldat glaubt, er sei da, um des

Gegenwärtigen zu genießen: seine Bestimmung ist, den Gefahren Trotz zu bieten, und er rechnet sichs zum Verdienste an, ihnen in jeder Gestalt zu trotzen.

Was noch trauriger ist: da sich der Soldat so selbst verderbt, verderbt er auch andere mit. Er erhält, wie Midas, die Eigenschaft, allem, was er berührt, die Kraft, die er empfangen hat, mitzutheilen. Und so wird eine Armee selbst in Feindes Lande dadurch viel verderblicher, als die schrecklichste Verwüstung des Krieges. Nicht das, was sie daraus fortträgt, sondern das, was sie darinnen läßt, schlägt ihm eine unheilbare Wunde.

Wahr ists; sie empfängt dafür bald ihre Strafe. Das Weibervolk dieses Landes bewaffnen sich ihrerseits gleichfalls mit der Plage, die sie verletzet hat, wie Montesquieus Präsident vom Despotismus sagt, daß er sich mit seinen eigenen Ketten bewaffnet, und dadurch desto schreckbarer wird. Damit, schlagen, sie bei ihrem Durchmarsche die Soldaten, die sich davor verwahrt, oder davon entlediget haben. Dieser mörderische Kriegslauf unterhält unter den Truppen eine weit furchtbarerePest, als die best eingerichtete Artillerie.

Auch dieses wissen alle, die die letzten Feldzüge mitgemacht haben. Die deutschen Bauerndirnen waren, wie die römischen Frauen, die sicherste Vormauer ihres Vaterlandes geworden. Die Gefälligkeit der kirre gewordenen Hessinnen war mehr zu fürchten, als das Schwert ihrer vaterländischen Helden. Eine einzige Westphälerinn brachte mehr Unordnungen aus, und füllte die Spitäler mehr an, als die Armee von einem ganzen Detachement Hanovrianer.

Lieber Freund, sehen Sie hier wirkliche, offenbare Thatsachen, an denen sich nicht zweifeln läßt. Sie geschehn vor unsern Augen, und leider! sind der Zeugen nur zu viele, die die Wirklichkeit davon bestättigen können. Unter allen den Reformazionsgegenständen, womit man sich in diesem philosophischen Jahrhunderte beschäftigt, ist vielleicht dieser der einzige, woran man nicht denkt, da er doch wahrlich der allerwesentlichste ist. Die übrigen interessiren nur die moralische Glückseligkeit der Menschen, indeß dieser sich mit ihrer phisischen Existenz befaßt. Die Mißbräuche bei den Finanzen und in der politischen Verfassung werden ganz gewiß übertrieben. Die Uibel, die daraus entstehn, lassen sich vielleicht bezweifeln, oder es könnten wenigstens die Verbesserungen derselben sehr leicht noch trauriger ausfallen. Allein hier stehts mit der Sache ganz anders. Das Uibel ist gewiß, die Nothwendigkeit, ihm zu steuern, ist dringend, und die Anwendung des Heilmittels dagegen wäre ohne Widerrede der nützlichste Dienst, den man der Menschheit erzeigen könnte.